자기훈육법
-마음운동

자기훈육법
-마음운동

북앤피플

내가 나를 가르치는 방법

세상은 내 뜻대로 움직이지 않는다. 그것이 삶의 이치다. 그래서 답답하다. 화가 난다. 내 속 마음도 몰라주고 엉뚱한 행동과 대답만 하는 주변 사람들이, 세상이 마뜩찮아서다.

한동안 힐링healing이라는 말이 유행이었다. 슬프거나 분노가 치밀어 오를 때, 위안은 확실히 우리에게 도움을 준다. 하지만, 힐링은 억울한 마음을 가라앉힐 뿐, 내 마음의 병을 불러온 근본적인 무엇인가를 치유하고 바꾸지는 못한다. 비슷한 아픔을 다시 겪지 않으려면, 우리는 어떤 무엇인가를 바꾸어 나가야한다.

내 뜻에 맞춰 세상을 바꾸는 일은 불가능하다. 그것은 어떤 개인이라도 할 수 없는 일이다. 다른 사람들을 바꿀 수는 있다. 하지만, 누군가를 바꾸기 위해서는, 엄청난 시간과 비용을 평생에 걸쳐 '내가 아닌 남에게' 투자할 각오를 해야한다. 그런 노력을 기울인다고 해서, 남들이 내가 원하는 그대로 바뀌는 것도 아니다. 그래서 말씀드린다. 다른 어느 누구의 도움을 받지 않고도, 오직 나 자신의 마음먹기에 따라 가능한 일이 있다고. 바로 나 자신을 바꾸는 일이다.

세상이, 다른 사람이, 오직 내 뜻에 따라 움직여주기를 바라는 것은 그릇된 마음이다. 폭력이나 폭언 같은 적극적 공격, 동정을 유발하거나 아프다는 것을 은연중에 내세우며 상대를 압박하는 수동적 공격도 다 마찬가지다. 그릇된 마음과 행동은 먼저 나 자신에게 상처를 준다. 다음엔 가족들이, 주변 사람들이 피해를 입는다. 나 때문에 주변사람들이 적지 않은 고통을 겪는데도 나 혼자만 그런 사실을 모른다. 아니, 알면서도 모른 체 한다. 인정하기 싫기 때문이다. 그 편이 당장은 내 마음이 더 편하기 때문이다.

문제는 여기서 그치지 않는다. 나의 못된 성격이 자녀들에게 유전처럼 전해진다고 상상해 보자. 나의 잘못된 행동이 저지른 과오를 바로잡기 위해, 내 가족이, 친구들이, 자녀들이 모두 나서서 뒷감당을 해야 한다고 생각해 보자. 내 잘못이 내 한 몸에서 끝나는 경우는 드물다. 그래서 바꿔야한다. 내 성격을 바꾸고 나를 돌아보는 자기훈육법自己訓育法이 필요한 이유다.

이 책은 성격개조를 위해 나아가는 걸음마다. 내가 나를 가르치는 방법이다. 남들이 아니라, 나에게로 다가가는 길이다. 내 마음 가장 안쪽으로 향한 오솔길이다. 이 글을 읽으며 소생은 위안을 얻었고 반성을 했으며 마음 다스리는 법과 스스로를 훈육하는 법을 배웠다. 아니, 배워가는 중이다. 이제는 배운 것을 그때 그때 바로바로 실천으로 옮기는 일이 남았다.

블로그에서 거듭 이 글을 찾아 읽으며, 언젠가는 이 내용을 책으로 만나고 싶다는 상상을 했다. 출판을 허락해 준 원저자 온덕 님과 북앤피플의 김진술 대표에게 감사의 인사를 올린다. 상상이 현실로 이루어졌을 때의 뿌듯한 마음을 글로는 어떻게 표현하면 좋을는지. 독자 여러분들과 '자기훈육법'을 읽으며 마음산책과 더불어 마음의 운동을 함께 하기를 바란다. 내가 변하면 가족이 변한다. 주변이 변한다. 세상이 변한다. 내가 변한 뒤에 맞이할 세상은, 지금 겪는 세상과는 현저히 다를 터이다. 읽고 명상하고, 그리고 느낀 바를 꼭 실천으로 옮기시기를. 자기를 훈육하면 삶의 괴로움이 줄어들고, 어쩌면 사라지고, 분노와 불안 대신 평안한 마음이 온 몸에 흠뻑 차오를 터이다. 평안한 마음이 가져다주는 그윽한 즐거움을 독자 여러분들과 함께 나눌 수 있었으면. 소망은 힘이 세다. 꿈은 이루어진다.

장원재

차례

1장

마음먹기, 긍정의 마인드

자존감

남에게 짜증이나 화를 잘 내는 사람이 있다.
이는 본인 스스로의 자존감이 없다는 뜻이다.
자존감이란… 나를 사랑하고 아끼는 마음.
이것이 화를 잘 내는 마음과 어떻게 연결이 되는 것일까.
남이 하는 일은 다 내 성에 차지 않으니 짜증과 화가 날 터.
곧, 내가 제일이라 생각하는 것이다.

내가 제일이라 여기는 것은 자존감이 아니라 오만이다.
남을 존중치 못하고 무시하는 사람을 다른 이들이 어찌 존중하겠
는가.
화냄이란… 곧, 남에게 나를 무시하라고 하는 것이라 했다.

스스로를 아끼는 사람은 남도 아낀다.
남이 나를 존중할 수 있도록 하는 방법은
내가 먼저 남을 존중하는 것이다.

긍정의 힘

문제에 봉착했을 때 부정적인 생각 위주로 잡념을 연결하다 보면
낙담, 체념, 불행, 욕심, 무기력 등이 따라온다.

긍정적인 생각 위주로 생각을 연결하면 희망, 행복, 용기, 지혜,
사랑 등의 낱말이 따라온다.

나 자신이 내 삶을 책임짐에 있어,
부정적인 삶보다는 긍정적인 삶이 내게 이롭지 않을까 싶다.

하늘의 뜻이 있어 힘든 시기, 문제가 있다고 하자.
하지만 부정인 생각을 끌어안고 주저앉아 하늘을 원망하기보다,
긍정적인 생각을 품고 손을 잡고 일어나 앞으로 나아가는 것이 옳
은 자세이다.

긍정인 생각과 부정적인 생각 중, 지혜와 슬기가 좋아하는 것은
긍정적인 생각이다.

나를 긍정적으로 만들고 남을 대하면 시기, 질투, 무시보다는 배
려가 따라온다.

걱정과 생각의 차이

걱정과 생각은 무엇이 다른가.
걱정이란 불안감과 추론만 남긴다.
하지만 생각이란 결론을 준다.

걱정이 많다는 것은 미래가 불안하다는 것인데,
곧 자기의 과거행동을 믿지 못하기에
미래의 자신도 믿지 못하여 오는 마음자리이다.
스스로를 아끼지 못하고, 스스로를 과소평가하는 행동이다.
또한 노력이 부족했다는 것을 스스로 알고 있다는 표시이기도
하다.

생각은 다르다. 노력을 하였기에 결과를 여유 있게 기다린다.
실패할 것 같다는 답이 마음속에 떠오르더라도 다음을 기약하며
더욱 노력한다.
스스로를 격려하며 노력을 칭찬하고 용기를 준다.
마음이 여유로우면 눈이 밝아진다. 기회가 찾아왔을 때 잘 보인다.
걱정이 아니라 생각을 하는 사람은, 스스로를 믿기에 스스로를 아
끼며 사랑한다.

긍정적 마음과 시각

타인의 말투, 표정을 두고 '왜 그러냐, 맘에 안 든다'.
허물만을 찾아 끌어내리려는 사람이 있다.

그러면서 본인이 그 사람보다 우월하다고 생각한다.
그렇게 남의 허물을 지적하면 자기 마음이 편하고, 좋던가.

아니다.
스스로가 남들의 미운 점만 찾고 보니 스스로의 마음을 지옥으로
만들게 된다.

타인의 장점을 찾아보라.
타인의 장점을 내 것으로 만들어라.
말투나 표정이 안 좋게 나오는 사람을 보며,
나는 저런 말투나 표정이 있지 않나 하고 고쳐라.
남의 허물을 찾지 말고 그들을 도와줄 방법을 찾아보라.
나를 낮춰 타인을 올려라. 그래야 내가 높아진다.

타인의 안 좋은 면을 마음에 상처가 되지 않게 고쳐 줄 방법을 찾
아보라.
타인에 예쁜 점을 볼 줄 알아야 내 마음이 천상이 되는 것이다.

정신, 마음, 육체

정신, 마음, 육체가 존재합니다.

우리네가 보고, 만질 수 있는 것은 육체뿐이지만,

정신과 마음도 분명히 존재합니다.

정신,

마음,

육체.

세 단계로 나눕니다.

마음은 정신에도 속하고 육체에도 속합니다.

마음은 일종의 공통분모입니다.

정신은 청소를 하자는 메시지를 주는데, 육체는 귀찮다는 메시지
를 줍니다.

이때 마음이 어디로 향하느냐에 따라 행동으로 이어집니다.

마음이 육체를 따르면 청소를 하지 않게 됩니다.

그런 경우, 정신은 청소가 이루어질 때까지 메시지를 보내기에,

육체를 움직여 청소를 하지는 않았지만 오히려 육체, 마음, 정신
모두 피곤해집니다.

정신이 보내는 메시지를 받아 청소를 하면, 즉 메시지를 실천과
행동으로 옮기면, 처음엔 육체가 귀찮아 하지만 곧 따라옵니다.

정신의 메시지를 이뤄내고 나면 육체는 피곤할 수 있으나 정신,
마음, 육체 모두 일체가 되어 몸과 마음이 모두 가벼워집니다.

마음이 '귀찮다'는 메시지를 주는 육체를 자주 따르면

점점 육체, 마음, 정신으로 게으름이 번져나가 나를 점령하게 됩니다.

반대로 '무엇을 하자, 당장 실천하자'는 정신의 메시지를 바로바로 행동으로 옮기면

정신으로 마음과 육체가 흡수됩니다.

마음먹기에 따라서 달라진다는 말이 있습니다.

마음을 어디로 향하게 하느냐에 따라

스스로를 노력하는 자 혹은 게으른 자로 만들어 나갈 수 있습니다.

마음이 열쇠입니다.

정신, 마음, 육체가 합심, 일체를 이뤄내면

우리는 기쁨, 보람을 느끼게 됩니다.

이것이 우리를 살리는 에너지가 되는 것입니다.

마음의 깊이

마음의 깊이가
접시인 사람과 우물인 사람이 있다.
인생을 살아가며
마음의 깊이가 접시인 사람은
고난이라는 큰 돌덩이가 떨어지면 마음에 금이 가거나 깨지게 된다.
마음의 깊이가 우물인 사람은
고난이라는 큰 돌덩이가 떨어져도 잠시의 출렁임 후 다시 고요해
진다.
접시인 사람은 시련이라는
작은 모래 한 줌에 마음이 흙탕물이 된다.
우물인 사람은 시련이라는
작은 모래 한 줌에 마음의 맑음을 잃지 않는다.
물을 운이라고 보면
접시인 사람에게는 운을 주어도 채워 넣을 자리가 없다.
우물인 사람에게는 운을 주면 채워 넣고 보관할 자리가 넉넉하다.
접시인 사람은 다른 이에게 나눠줄 운, 물이
부족하기에 매번 허덕이며, 인색하다.
우물인 사람은 나눠줄 운, 물도 넉넉하며 나눠주어야
물이 샘솟는 것을 알기에 나눠 줌에 인색하지 않다.
접시인 사람은 돌덩이, 모래더미에 깔려 허덕이며, 힘들다고만

한다.

우물인 사람은 돌덩이, 모래더미를 감사히 여기고, 받으며 도리어 그것을 샘솟는 물을 정화하는 기능으로 쓴다.

인생이 답답하고, 힘들다면, 매사 허덕인다고 생각한다면 본인 마음 그릇의 깊이와 크기를 생각해 보라.

힘들게 살고 싶지 않다면 마음그릇의 크기와 깊이를 키울 생각을 해야 한다.

우리에게 찾아오는 고난, 시련은 우리의 그릇을 키울 수 있는 소중한 재료이다.

돌덩이, 모래를 노력으로 갈아 그릇 크기를 넓고 깊고 크게 만들어야한다.

마음그릇이 커야만 고난과 시련에도 흔들리지 않으며 운을 주어도 받을 수 있는 것이다.

미래

미래는 기대의 설렘이다.
노력한 자에게는 설렘으로
게으른 자에게는 불안함으로 다가온다.

마음

마음은 자석이다.

못하겠다고 마음을 먹으면

'귀찮다, 하기 싫다'는 게으른 마음이 끌려 올라온다.

해보겠다는 마음을 먹으면 '용기, 지혜' 힘을 불러오는 마음이 내 안에 쌓이게 된다.

무기력

저는 무기력한 사람입니다.

비겁한 변명이다. 죄를 짓는 언행이다.

이런 말은, 모든 결과물을 내가 아닌 남이 해주기를 바라는 마음
에서 시작된다.

이런 마음을 품은 사람들은 바라는 결과물이 오지 않는다며 남 탓
을 하고 세상 탓을 한다.

타인, 세상에게 퍼붓던 '남 탓'이

자신에게 다시 돌아와 자책감, 자괴감을 준다.

말과 마음은 언젠가는 반드시 내게로 돌아오는 부메랑이다.

자기 자신이 무기력하다, 힘이 없다고 착각해서는 안 된다.

그런 마음을 품는 것 자체가 게으름이며, 나약함이다.

그런 마음을 품지 않으려면, 스스로에게 강한 규칙을 정해 줘야한다.

실천할 수 있는 규칙을 구체적으로 정하고

무조건 실천으로 옮겨야한다.

스스로에게는 관대하며 타인에게는 규칙을 강조하는 사람이

무기력에 빠지기 쉽다.

자기의 삶은 타인과 세상이 만들어주는 것이 아니다.

스스로 강하고, 바르게 만드는 것이다.

자존감, 자존심

자존감과 자존심은 반비례한다.

자존감은 자기 자신을 존중하며 지키는 힘이다.

이 힘이 없는 사람들이 남에게 자기를 지켜주고, 높이 봐 달라는 뜻으로

자존심을 높고 길게 펴고 세운다.

자기 자신을 존중하고 지키는 힘을 스스로 만들지 못하고

남에게 구걸하는 마음이 바로 자존심이다.

자기는 자기가 지켜야한다.

남에게 자기를 지켜달라고 하는 것은 거만이고, 욕심이며, 게으름이다.

자존감이 높은 사람은 남이 자기를 어찌 평가하든 개의치 않는다.

자존감이 낮고, 자존심이 센 사람이 남의 평가에 예민한 것이다.

자기에 대한 평가는 자기 스스로가 해야 하며

자기를 바로잡는 것도, 지키는 것도 스스로 해야 하는 일이다.

남에게 구걸하고, 왜 나를 인정해주지 않느냐며 자존심을 세울 일이 아니다.

자기 자신을 지키며 존중하는 자존감은 스스로 만들어가며 살아야 하는 것이다.

마음

마음은 있는데 실천이 안 된다.
마음은 있는데 능력이 안 된다.
실천과 능력의 문제가 아니다.
마음이 준비가 안 된 것이다.
하고 싶은 마음은 없지 않지만
노력하고, 노력하려는 마음은 준비가 되지 않은 것이다.
하고 싶다고 바로 되는 것이 아니라
하고자 하는 마음, 노력이 따라야 일이 이뤄지는 것이다.
자신의 마음 안에 떠오르는 게으름, 거짓, 변명, 핑계 대는 말들에
속지 말아야한다.
일이 안 되는 것은 못하고 안 하기 때문이다.
하고 또 하면 일은 이루어진다고
스스로의 마음에게 매일매일 가르쳐 주어야한다.
강하고 바른 마음을 가르쳐 주어야한다.

줄, 뒷배

빽이 없다, 타고 오를만한 줄, 도와줄 뒷배가 없다. 사람도 없고,
조상도 없다.
줄, 뒷배, 사람, 조상은 영원하지 않다.
세상에서 가장 강하고, 좋은 줄은
스스로가 강하고, 똑똑해지는 것, 바로 그것뿐이다.
스스로가 만든 강함, 지혜는
누군가 다른 사람이 훔쳐 갈 수도 없고, 없어지지도 않는
강력하고 영원무궁한 나의 줄이자 뒷배인 것이다.
조상과 세상 탓하며 한숨짓는 시간은
나의 나태함, 게으름, 무지함을 자랑하는 시간이다.
창피함을 드러내지 말고
스스로 노력해서 자신의 줄과 뒷배를 만들어 보자.

'어렵다, 힘들다, 못 하겠다'를 주는 생각

어느 날 '어렵다, 힘들다, 못 하겠다'라는 생각이 떠오르면
'맞다. 난 이 일이 어렵구나, 난 지금 힘들구나, 난 이 일을 못 하
겠구나' 하며 맞장구를 치는 것이 아니라,
왜, 무엇이, 어떻게, 어렵고 힘들고 못 하겠는지를 자기 자신에게
되물어 봐야한다.
그 문제들을 해결할 수 있는 구체적인 방법들을 자기에게 물어보
아야한다.
해결책을 주지도 못할 것이라면 아예 그런 생각조차 떠올리게 하
지 말라고 자기 자신의 생각에 맞대고 싸워야 한다.
자기를 어렵게 하고, 힘들게 하며, 못하게 하는 것은 세상이나 남
들이 아니다.
자기 자신이다. 자기 자신의 생각이다.
지금 나에게 닥친 문제들을 해결하려면, 세상이나 남들과 싸우는
것이 아니라 그런 생각을 주는 자기 자신과 싸워야한다.
문제를 만나면, 우리 마음속에서는 긍정적인 생각과 부정적인 생
각이 함께 올라온다.
문제를 풀고 싶다면, 해결 방법을 긍정적으로 알려주는 생각하고
만 대화를 해야 한다.
자신을 부정적으로 세뇌시키는 생각과는 인연을 끊어야한다.

몸, 마음의 알레르기

특정 음식물에 알레르기가 있는 사람이 있다.
특정 음식물을 먹고 호흡곤란을 일으키며
때로는 심장, 신장, 간, 혈압 등에 문제를 일으켜 사망에 이르기도
한다.
특정 음식물에 알레르기 반응을 일으키는 사람은
늘 그 음식물을 먹지 않기 위해 주의를 기울이며
주위 사람들에게도 알리고, 위급상황을 대비해 약을 챙겨 다닌다.
그리고 아주 조금씩 그 음식을 먹어가며 서서히 특정 음식물에 대
한 내성을 키운다.
자기의 생명을 지키기 위해서는 이렇게 스스로 노력을 해야 한다.
마음도 마찬가지다.
특정한 기억, 감정이 떠오를 때 마음이 알레르기 반응을 일으키는
경우가 있다.
이것을 트라우마라고 한다.
어릴 때 가정폭력을 당해본 사람은
일반 사람들보다 폭력에 대한 거부반응이 심하며, 공포의 마음에
알레르기가 있다.
폭력에 시달렸던 일은 감춰야 할 창피한 과거가 아니다.
음식 알레르기 예방법과 같이 자신의 알레르기를 남들에게도 알
리고, 알레르기 반응이 일어나지 않도록 늘 스스로 조심을 해야

한다.

모든 사람에게 알리라는 것이 아니다.

가까운 인연법을 지닌 사람, 친구, 연인, 배우자에게는 반드시 자신의 알레르기를 알려야한다.

폭력이 일어나는 상황을 보거나 들으면 호흡이 가빠지고, 그 폭력성을 보인 사람 자체를 무서워하고, 그 상황이나 사람을 거부할 수 있으니 이런 일이 일어나지 않도록 조심해 달라고 부탁을 해야 한다.

창피하다 생각하여 자신 마음의 알레르기를 알리지도 부탁하지 않고 무조건 폭력성이 싫다고만 말하면 안 된다.

마음에 폭력 알레르기가 있는 사람은 작은 폭력, 예컨대 누군가가 물건을 집어던지는 행동을 하는 것만으로도 심한 반응을 일으킨다. 그래서 주변사람들에게 미리 알려두어야 한다.

폭력에 대한 알레르기가 있으니 조심해 달라고 부탁하는 사람에게 부탁받은 사람들은 절대로 '예민하다, 유별나다'라고 말해서는 안 된다.

마음의 병이 있는 사람에게는 누군가의 특정한 행동이나 말이 영혼과 생명에 치명상을 줄 수 있다. 그래서 주변사람들이 조심하며 배려를 해줘야한다.

특정 마음에 알레르기가 있는 사람은

자기 몸과 영혼의 생명을 지키기 위해 먼저 스스로 노력을 해야 한다.

자기의 문제점을 자기가 알리거나 말하지 않으면 남들이 그것을 알 수 없고 몰라서라도 자기를 도와줄 수 없다.

다만 무엇이 문제인지 알지 못하는 사람들을 한순간에 가해자로 만들어 버릴 수 있는 것이다.

몸이나 마음에 알레르기가 있는 사람은 스스로가 적극적으로 병의 치료방법을 찾고, 재발을 예방하며 몸과 마음을 지켜야한다.

마음 읽기

사람들의 마음을
읽는 것이 고통스러운가.
못 읽는 것이 고통스러운가.

읽는 것이 고통스럽다고 생각했었다.
아니었다.
사람들의 마음을 전혀 읽지 못하는 것이 더 참혹한 고통이다.
사람들의 마음을 바르고 정확하게 읽을 줄 안다면 그것은 고통이
아니고 축복이다.
사람들의 부정적인 마음, 생각, 이것만 읽으면 고통이겠지만
이것을 걷어내고 긍정, 바름을 읽는다면 축복이 된다.
사람들은 자기가 지닌 '축복받은 능력'을 잘못 사용하여 고통스럽
게 산다.
남이 아닌, 자기 자신을 위해서라도 자기의 능력을 바로 써야한다.

2장

화… 마음 다스리기

욕심

욕심, 자기만을 생각하는 욕심도 있지만
무언가를 바라고 무엇을 하고자 하는 욕심도 있다.

하고자 하는 욕심, 이처럼 좋은 것이 없을 것이다.
노력이 따르지 않으면 '바른 욕심'은 자기만을 생각하는 '그른 욕
심'이 될 것이다.

'그른 욕심' 뒤에는 반드시 화라는 글자가 따라와 나를 힘들게 한다.
성과가 없다 화를 내고, 세상을 미워하는 화를 준다.

욕심이라는 글자의 뒤에 노력을 붙인다면 성과가 미비해도
과정에 만족하며, 더 노력하고자 하는 마음이 생긴다.

욕심과 노력을 같은 단어로 보라 했다.
성과가 부족하다면 노력을 더하라.
노력과 노력으로 화를 물리치라.

마음화

화내는 마음, 처음엔 누르는 연습을 해보자.
잘 안 눌러져도 무조건 누르는 연습을 해보자.
많은 시간이 지나면, 화난 마음이 스스로 눌러지는 것을 느낄 수 있다.

다음 단계는, 그 화난 마음의 바름과 그름을 구별하는 연습이다.
화를 누르지 못하면 바름과 그름을 구별할 수 없다.
많은 시간이 지나면, 화내는 마음을 누르기도, 구별하기도 한결 수월해진다.

그 다음은
화내는 마음을 내가 낳은 아가라 생각하고
이치와 도리를 설명해 주는 연습이다.
바른 마음이라도 화를 낸다.
남이 못 알아주니 속상해서
하지만 상대가 못 알아주는 것이 문제가 아니라, 내가 남에게 설명을 잘하지 못하여 상대가 이해 못한 것이니.

바른 마음에게 상대를 이해시키는 여유를 가르치는 연습을 해보자.
그른 마음, 욕심이며, 남을 해하는 마음이다.

혼자 사는 세상이 아니니 그른 마음이 가는대로 행하여 상대가 아파할 것을 알리며
서로 나누어 갖고, 남이 기뻐하는 모습에 행복해지는 이치를 알려주는 연습을 해보자.

이렇게 단계별로 연습하기는 쉬운 일이 아니지만 연습을 거듭하다 보면
화내는 마음이 들어오는 순간 바름과 그름이 바로 구별되며
내 마음에 이치가 성립되니 스스로 뉘우치며, 기다리고, 여유로워지며
상대에게 아픈 말을 하지 않게 된다.

처음에는 이 과정이 며칠씩 걸리지만
연습을 거듭하다 보면 몇 분 안에 전체과정이 이루어진다.

무엇이든 노력하면 원하는 대로 이루어질 수 있다.

내 마음의 규칙을 내가 만들고
내 마음대로 조절할 수 있는 것만큼 기쁜 일도 드물다.

혼자가 아니고 함께이다

삼라만상森羅萬象과 더불어 내가 있다.
세상이 어떻게 돌아가나,
우리 모두가 함께 돌리는 것이다.
나 혼자만 세상을 돌릴 수 있고, '내가 아니면 누구도 못 한다'는
오만한 마음을 버려야한다.

그 오만과 자만이 나를 죽인다.
내 기준으로 타인을 평가하지 마라.
내 계획대로 남이 움직이지 않는다고 화내지 마라.
나도 그들의 계획에 따라 그들의 장단대로 움직여주는 것은 아니
지 않는가.

모든 일에는 언제나 다양한 경우의 수가 존재한다.
나 혼자서 모든 일을 다 하는 것이 아니라, 여럿이 함께 일을 해야
하기에 다양한 경우의 수가 존재하는 것이다.

다양한 경우에 맞춰 미리 대비하지 않았기에 본인의 눈에서, 계획
에서 벗어나면
조급해하고, 화내고, 불안해하고, 힘들어한다.
일이 당초 계획과 다르게 어긋났다는 것은 그만큼 시야도, 혜안도

좁았다는 스스로의 무지에 대한 결과인 것이다.

여유로움을 가져야한다.
상대가 피치 못할 사정이 있어 그럴 것이라고 이해하는 마음과 여유를 지녀야한다.

화를 내기에 앞서 스스로에게 그 이유를 먼저 물어봐야한다.
이유를 묻고, 듣고, 상대 입장이 되어 보며, 함께 문제를 해결하려고 노력해야한다.
모든 상황을 나에게만 맞추고, 내 이익을 얻으려하면
세상이 나를 버린다.
그러고 나서 외롭다고 말하지 말라.
먼저 버림받을 행동을 하지 마라.

더불어 사는 것이 인생이다.
혼자서는 그 무엇도 할 수 없다. 혼자만 주인, 대장인 척 착각하지 말자.

그 누구도 대장이 아니다. 우리 같이, 함께이다.
상대를 대우해줘야 내가 대우를 받는다.

지옥과 천당

지옥,
내 화를 다스리지 못하는 내 마음이 바로 지옥이다.

천당,
환희와 기쁨인 줄 알았다.
아닌 것 같다.
화가 나는 마음을 걷어내니
모든 것에 감사한 마음이 들어왔다.

일희일비하지 않는 마음,
감사한 마음,
이것은 지옥이 아니니 여기가 천당인가.

아니면 지옥도 천당도 아닌 다른 무엇인가.

화 1

누군가 내게 욕을 하고 화를 내도 용서를 하자.
똑같이 욕을 하고 화를 내면
그것은 상대를 해하는 행동임과 동시에
나 스스로를 해하는 행동이기도 하다.
화를 냄으로 내 마음을 불과 같이 아프게 하는 것이다.
용서를 함으로 내 마음에 평온을 줄 수 있다.
마음에 평온을 찾아야
다른 이의 불같이 아픔 마음도 낫게 도와줄 수 있는
지혜가 나온다.

고집

고집은
죄의 씨앗을 무럭무럭 키워주는 거름이다.
사랑하는 주위 사람에게 내 고집은 그들의 마음을 아프게 하는 창
끝이 되며
나 스스로에게는 나를 세상과 고립시키는 감옥의 쇠창살이 된다.

변명

변명은
자신과 타인을 숨 막히게 하는 족쇄다.
그러므로 죄이다.
그런데 '하지만, 이래서, 저래서, 누구 때문에 못해요'
이런 말들은 스스로가 게으르다는 것을 증명하는 증표에 불과하다.
스스로의 모자람을 인정하지 않고 모든 잘못을 남 탓, 세상 탓으
로 돌리며
그들이 바뀌지 않아 자신도 바뀌지 않겠다는 얘기를 하는 것은 어
리광에 불과하다.
변명은 스스로를 속이는 것이다.
스스로를 어리석게 살게 하는 길이다.
변명하는 사람을 보면 어떤 생각이 들던가.
변명을 하면 할수록 나 자신도 그들처럼 보인다는 것을 알아야한다.
변명은 스스로에게 족쇄를 채우고 타인과의 관계를 끊는 감옥을
짓는 행동이다.
변명은 죄이다.

득도

득도得道
삼라만상森羅萬象의 이치도
'무엇인가를 얻는 것이다'라고 생각한 시절이 있었다.
득도란 얻는 것이 아니라
'비우는 것이다'는 생각이 든다.
화, 욕심, 질투 등
나와 남을 해하는 모든 마음.
이런 마음들이 내 안에 머물지 못하도록 내 마음을 비워내는 것,
그 어떤 마음에도 휘말리거나 휘둘리지 않는 초연한 마음,
이것이 득도일 터이다.

세상살이

세상살이가 마음대로 되지 않는다.
세상이 나를 버리는 것만 같다.
이 마음을 지닌 사람에게
'왜 세상을 자기 마음대로 하려 하는지'를 묻고 싶다.
마음먹은 무언가가 바른 뜻을 지닌 것이었다면
그것을 이뤄내지 못할 일은 없을 터이다.
그른 마음을 품었거나, 노력을 게을리 하고 있다면
그런 마음으로는 뜻하는 바가 절대로 이뤄지지 않는다.
가족, 사람, 세상을 자기 마음대로 조종하려는 것이 바로 그릇된
마음이다.
이런 마음을 먹고, 왜 세상 일이 뜻대로 되지 않느냐고 한탄만 해
서는 아무 일도 할 수 없다.
다른 사람의 뜻이 무엇인지를 알아내고, 남들과 서로 맞추려는
'소통의 노력'을 해야 한다.
'인생은 한 방'이라고 말하는 사람들이 있다.
맞다. '인생은 한 방'이다.
하지만, 이 '한 방'은 내가 맞을 수도 있는 '한 방'이다.
세상을 우습게 보고 '한 방'을 말하니
세상이 주는 고난, 역경,
그 '한 방'에 나가떨어지는 사람이 되는 것이다.

세상과 사람들을 우습게 보는 사람이 있다.

세상과 사람들도 그런 자를 우습게 대한다.

겸허한 마음으로 세상을 존중하고 매사에 감사하며 꾸준히 노력

하는 사람에게만

세상은 그를 받아들이고 결과물을 내어준다.

세상살이가 힘들다면

내가 먹고 있는 마음이 바른 것인지 부터 살펴보아야 하며

노력에 노력을 하고 있는지 확인하고

다른 이들의 뜻은 무엇인지를 알아내는 소통부터 해야 한다.

시기, 질투

사회생활을 하는 중에 사람들로부터 시기, 질투를 받아 힘들다는
분들이 의외로 많다.
이런 분들에게 여쭙고 싶다. '남들이 시기, 질투를 해줄 만큼 잘나
셨습니까?'라고.
시기, 질투를 받는다는 느낌,
나는 남들에게 인정받아야만 한다는 오만하고 거만한 마음이다.
오만하고 거만한 마음으로 사람들을 대하는 그 마음자리가 예쁘
지는 않을 터.
그래서 사람들이 당신을 예뻐하지도, 인정해 주지도 않는 것이다.
자신은 능력도 출중하지 않고 도리어 못난 축에 드는데도 시기,
질투를 받는다는 분들도 있다.
능력이 모자란 것이 아니고 마음이 모자라고, 못난 것이다.
세상과 사람들이 아니라
자기의 비뚤어진 생각이 자기의 마음을 다치게 하는 것이다.
자신의 마음을 치료하고, 편하게 해주고 싶다면
남 탓을 하지 말고 자신의 생각을 바꿔야한다.
예쁜 마음자리로 세상과 사람들을 대하는 사람은
사람들이 절대로 미워하지 않으며, 그 사람의 마음을 아프게 하거
나 다치게 하지 않는다.
능력이 중요한 것이 아니다.

마음이 진짜로 예쁘고, 잘난 사람은
남들에게 시기, 질투를 당하고 있다는 느낌을 절대 받지 않는다.

분노 감정, 조절·제거·표현법

사람은 누구나 자신의 분노 감정을 조절, 제거할 수 있는 말하자
면 '분노처리 능력'을 가지고 태어난다. 처리용량도 충분하다.
하지만 분노를 처리하는 방법을 잘못 배우고, 잘못 배운 방식에
따라 이를 사용하면 분노처리 능력을 상실하게 된다.
먼저 '분노'라는 감정을 조절하고, 제거를 한 연후에 설명문적 표
현을 통해 상대방을 납득시키는 것이 '분노처리 능력'의 올바른 사
용법이다.
감정적 표현법을 먼저, 자주 하게 되면
분노를 조절하고 제거하는 능력을 키우지 못하며, 도리어 그런 능
력을 잃게 된다.
조절 능력이 약하고, 아예 그런 능력을 잃은 사람들은
누군가에게 짜증, 화, 분노가 생겼을 때 제 삼자들에게 이런 감정
을 제거해 달라고 요구한다.
'내가 이런 일을 당했다, 화가 났다, 억울하다, 분하다,
그 사람이 너무하지 않느냐'라고 말하며
상황을 설명하기보다는 감정적 표현에 치중한다.
제삼자가 그 상황을 잘 모르기에 두세 번 물어보고, 듣고 난 뒤 해
석을 해주며
'너도 잘못한 것 같다'고 하면 그 말에 다시 자극을 받아 화를 낸다.
화의 상대가 제삼자로 바뀌게 되어 이번에는 제삼자에게 화풀이

를 하게 된다.

'왜 나만 갖고 뭐라고 하느냐, 그 사람 잘못인데, 잘 알지도 못하면서'라며 화를 낸다.

제삼자는 당신의 사정을 모른다. 그것도, 잘 모르거나 아예 모른다. 어찌 알겠나, 그 자세한 사정을… 당사자가 아닌데.

당사자가 아니니 자세한 사정을 모르는 것은 당연한 이치다. 당연한 일을 두고 '나한테 어찌 그럴 수 있느냐'며 화를 내니, 이런 사람을 도와주고 싶은 마음이 사라진다.

설명문적 표현으로 상황 설명을 해줘도 직접 보거나 겪지 않은 이상 사정을 이해하기 어려운데.

감정적인 말로만 상황을 전달하면 어찌 제삼자가 사정을 판단하고 이해할 수 있겠는가.

짜증, 화, 분노는 오물 같은 감정이다.

오물을 제삼자 보고 처리해 달라 하는데 좋아할 사람은 아무도 없다.

자기의 감정에 생겨난 오물은 남이 아니라 자기가 처리해야 하는 것이다.

자꾸 처리를 해봐야 처리능력이 생기고 처리용량도 늘어난다.

화가 났던 일을 남에게 설명할 때 다시 화가 올라온다면

그것은 아직 '내 마음 속의 분노'가 조절되지 않았거나 제거되지 않았다는 뜻이다.

이런 경우라면 아직은 남에게 말할 때가 아닌 것이다.

분노를 스스로 조절하고 제거하기 위한 좋은 방법은

화나는 일을 남에게 말하거나 표현하지 않고 혼자만의 시간을 갖는 것이다.

충분한 시간을 갖고, 머릿속으로 화가 났던 상황을 다시 돌아본다.

내 일이 아닌 마치 타인들의 일인 것처럼 나를 화나게 만든 사람의 입장에서도 상황을 돌아보며,

역지사지易地思之로 문제에 접근하고, 답을 내어 보아야한다.

그렇게 다각도에서 상황을 보게 되면 답이 보이기 시작한다.

분노를 참을 수 없었던 상황이 사실은 그렇게 화날 일도, 화를 낼 일도 아니었다는 것이 보인다.

이것이 분노를 조절하는 방법이다.

분노조절에 성공했다면 다음은 '분노의 제거'를 연습해야한다.

다음에 이 같은 상황이 닥치면 그때는 이런 지혜의 방법을 써 보자라고 스스로에게 다짐하며,

오물 같았던 상황과 감정을 다음을 위한 거름으로 만드는 것이다.

분노의 조절, 제거가 이뤄지고 나면 그때는 남들에게 이야기해도 된다.

이때는 감정적 표현법이 아닌 설명문적 표현법이 자연스레 나오게 된다.

설명문적 표현법으로 이야기를 할 수 있게 된다면

그것은 분노 감정을 처리하는 내 능력이 한 단계 커졌다는 표시이다.

감정적 표현법은 세 살까지만 허용되는 표현법이다.

사람이라면, 자라면서 점점 설명문적 표현법을 배워야한다.

아직도 감정적 표현법을 쓰고 있는 사람은 마음과 생각이 세 살에

머물러 있는 사람이다. 미처 자라지 않은 사람이다.

어른 대접을 받고 싶다면, 어른처럼 설명문적 표현을 해야만 한다.

화 2

피해의식이 많고, 이해력이 부족한 사람이 순간적으로 화를 잘 낸다.

상대가 자기를 무시한다고 오해하며 급하게 화를 내는 것이다.

일단 자기를 무시한다는 생각이 들면 상대의 설명에 귀와 마음을 닫게 된다.

화를 내는 것이 자기를 지키는 가장 좋은 방법이라고 생각한다.

순간적으로 화를 낸다고 자신의 속이 시원해지는 것도 아니다.

오히려 더 화가 나고, 상대의 마음에도 상처를 주게 된다.

화를 잘 내는 사람은 자기감정도 조절, 정리 못하며 자신의 책임을 남에게 떠넘기는 사람이다.

화를 낸다고 행복해지지 않는다.

자신과 타인을 불행하게 만들 뿐이다.

화를 잘 내는 사람은 다른 이들로부터 소외당한다.

그 소외감에 다시 화를 낸다. 악순환이 거듭되는 것이다.

자신은 늘 피해자라 말하지만

화를 잘 내는 사람은 실은 아주 오만하며, 교만한 사람일 뿐이다.

타인을 불행하게 만들며 어찌 피해자라 주장하는가.

화를 잘 내는 사람은, 타인의 마음을 아프게 만드는 가해자인 것이다.

나도 모르게

나도 모르게,

나도 모르게 화가 났다. 나도 모르게 욕이 나왔다. 나도 모르게 욱했다.

나도 모르게 슬프다. 나도 모르게 답답하다 등등.

나도 모르게 이런 행동들을 한다는 것은

비유해서 말하자면, 몸 안에 자기 영혼 말고 다른 영혼이 더 있다는 뜻이다.

다른 영혼들이 자기를 점령, 지배하면 자신의 의지대로 자기를 통제하기가 어려워지지 않겠는가.

이런 상황이 거듭된 후에는 통제불능이 된다. 다른 영혼들에게 자기 몸을 내어주게 된다.

다른 영혼에게 점령당한 사람들이 가게 되는 곳이 정신병원인 것이다.

반드시 자기관리법 자기통제법을 배워야만 잡념, 망상, 그릇된 욕심에 정신을 점령당하거나 마음을 빼앗기지 않을 수 있다.

안 하려고 하는데 갑자기 나도 모르게

이런 말들을 한다는 것은, 내 마음 속에 잡념과 망상과 그릇된 욕심, 비유컨대 다른 영혼이 살고 있다는 힌트이다.

3장

말, 과오, 기억

기억

문득 기억에도 무게가 있나 하는 상상을 해봤다.

기억을 더듬다 보면 기쁘고, 재밌고, 신나고, 행복했던 기억은 찾기가 어렵다.
힘들고, 불행하고, 아프고, 답답했던 기억은 어찌 그리 잘 잡히는지.
기억이란 게 무게가 있어 좋은 기억은 가벼워 다 날아갔나 싶다.
나쁜 기억은 무겁나, 그래서 남아서 내 주위를 맴도나,
반대로 되었으면 좋을 텐데, 혼자 이런 생각을 하고 있을 때
갑자기 머릿속에 답이 떠올랐다.

나쁜 기억은 아직 내가 배우고, 깨닫지 못하였기에 여전히 내 주위를 맴돌고 있는 것이 아닐까?
나쁘고, 슬픈 기억 안에서 내가 깨우치고, 배울 것이 있다.

한시라도 그런 기억을 보내고 싶다면 배우고, 깨우쳐야한다.
반성하며 뉘우치며 다음에 그런 일이 닥치면 같은 아픔을 만들지 말아야겠다는
깨우침을 얻어야한다.
곧 내가 누군가에게 아픔을 주고 그로 인해 아파한 것이다.
아프고 싶지 않으면 아픔을 주지 말라했다.

운명

내가 하는 말이 내 운명과, 성격을 만든다.

'짜증난다'는 말을 버릇처럼 하면 내 운명이 짜증나는 운명으로 바뀐다.
주위에 좋은 운이 널려 있어도, '짜증나는 운' 밖에 보이지 않게 된다.

말… 매우 무섭고, 강한 힘을 지니고 있다.
긍정적이며, 낙천적이고, 희망적인 말을 하여 내 운을 그리 만들라하였다.
나쁜 마음의 생각조차 끊을 수 있다면 더욱 좋겠지만
생각은 끊어내지 못하더라도 나쁜 말은 절대로 입 밖으로 하지 말라했다.
긍정과, 희망의 말로 내 운명도, 성격도 만들어 가야한다.

내 운명은 내가 만들어 가야한다.

말 1

'말'은 곧 나의 전부이다.

말을 보면 그 사람의 됨됨이가 보인다.
성품이 보인다. 지식과 지혜가 보인다.

욕설을 쓰며, 남을 하대하며, 질타를 하며, 변명을 하며,
남들에게 존경받기를 원하고 있지는 않는지 생각해 보라.

이런 행동을 자주 하는 사람이야말로 남들에게 그런 대우를 받으면
광분하고, 화를 누를 줄 모른다.

이런 행동을 하지 않아야 그런 대우를 받아도 초연하며
화를 내지도 않게 되는 것이다.

남을 보지 말고 스스로를 돌아봐야한다.

잔소리

남에게 잔소리로 '이리 해라 저리해라'라고 말하는 사람이 있다.

결국 본인 이외 모든 사람에게
자기가 정한 규칙을 따르라고 명령하는 것과 같다.
잔소리가 많은 사람은 남들이 자기 명령에 불복하고 따르지 않으면 화를 낸다.
그것은 혼자만 살겠다고 다 떠나라는 소리와 같다. 혼자만 대장을 하겠다는 소리이다.

사람들을 다 떠나보낸 후 외롭다 하지 마라.
'외롭다'라고 하는 것은 그 동안 '나만 잘났다'라며 살았다는 뜻이다.
외롭게 살지 않기 위해서라도 남을 생각하고, 존중하며 말해야한다.

남의 행동이 마음에 들지 않아 고쳐주고 싶다면
상대가 뉘우치고, 깨달을 수 있게 좋은 말로 충고를 하라.
단번에 고쳐지지 않는다고 책잡지 마라.
남에게 잔소리하며, 질타하는 본인도 자기 단점을 고치지 못하고
있지 않는가.
생각하고 또 생각하라 외롭지 않게 행복하게 살고 싶다면
나부터 남에게 행복한 마음을 전해주는 사람이 되라.

세상은 더불어 사는 것이다.
더불어 살아야 세상을 사는 것이다.

말하기 공부

혼자 사는 세상이 아니기에
말하기에 조심을 해야 하며
항상 공부를 해야 한다.

말하기를 바로하기 위한 첫 번째 과제는 '제대로 듣기'이다.
듣기를 온전하게 하지 못하면 내 입에서 나가는 모든 말은 헛된
말이 된다.
제대로 듣지 못하였기에 제대로 된 답을 말하지 못하는 것이다.

다음으로 말을 할 때는 무엇보다 간결하며, 담백하게 말해야한다.
설명이 길어지고 예를 든다는 이유로 길게 말하다 보면
주제에서 벗어난 말을 하게 되어
상대가 내 말에 귀를 닫게 만든다.

또한, 상대가 알아들을 수 있는 단어와 지식을 고려해서 말을 해
야 한다.
내 배움을 자랑하고, 내 과거사, 경력만을 자랑하면
상대는 귀뿐 아니라 마음도 닫아 잠그게 된다.

대화, 말하기는

내 자랑의 시간도 아니며 남을 혼내는 시간도 아니다.
예의를 갖춰 서로의 생각을 나누며, 서로 배우는 시간인 것이다.

생각

내 생각이 옳다, 네 생각은 그르다를 따지며
시간을, 힘을 낭비하며 헛되게 보내지 말라.

논쟁은 당사자 중 누구 하나가 바뀌지 않는 이상 끝나지 않는다.

내가 아닌 다른 이에게서 답을 구하자.
모든 이가 입을 모아 말하며
모든 이가 맞다 하는 것이 답이다.

논쟁을 끝내는 좋은 방법은 다른 사람의 의견을 '인정'하는 것이다.
둘 다 틀릴 수도 있다. 서로 맞추는 것이다.
내 생각이 바뀌지 않듯 상대의 생각도 스스로가 바꿔야한다.

그것을 바꾸라고 고함치지 마라.

내 생각도, 견해도, 의견도, 많은 시간 보고, 배우고, 경험하며 변
해가듯
남도 그러하다.

여유를 갖자.

백과사전

우리의 뇌에는
내가 평생 동안 살면서 배우고, 만들어 놓은 사전이 존재한다.

백과사전과 같은 특정 낱말의 지식, 감정을 내장하고 있는 공간이
있다.

다른 이의 말, 글을 볼 때
기분이 언짢아지는 단어가 보이면
내 뇌에서도 같은 단어들이 올라오게 된다.

누군가 험한 단어를 많이 쓰는 사람 옆에 있으면
나도 기분이 더불어 안 좋아진다.

비유를 하자면, 험한 단어를 쓰는 사람과 부정적인 음파를 공유하
는 '동일한 주파수를 지닌 마음의 광역대'에 놓이게 되는 것이다.

좋은 글을 읽고, 좋은 말을 하는 사람 옆에 있으면
내 사전에도 그런 단어들이 올라온다.

남에게 의존해서 내 뇌 속의 단어들을 끌어올리기 이전에

내가 먼저 내 사전을 바르고, 강건하게 만들어 놓는 것이 중요하다.

그것이 곧 나를 지켜주는 방호벽이 된다.
내 사전을 튼실하게 만들어 놓으면
그 어떤 나쁜 단어를 쓰는 사람이 옆에 있어도
내 사전 안에서 같은 단어들이 올라오지 않는다.

나를 지키기 위해 바르고, 강건한 사전을 먼저 만들어야한다.
내 자손에게 물려주어도 한 치의 그릇됨 없고, 창피하지 않을
내 사전, 곧 마음을 만들어야 할 것이다.

바르고, 강건한 사전을 만들어 지니게 되면
남으로 인해 내 감정이 혼란스럽지도 않게 되며
남에게도 혜안을 줄 수 있는 유익한 정보를 꺼내어 사람들을 도와
줄 수 있다.

나, 내 자손에게 남겨 줄 사전에
욕설, 욕심, 짜증, 나태함, 무기력을 기록할 것인가.
바름, 긍정, 강건함, 유쾌함을 기록할 것인가.

자손에게 물려줄 최고의 유산은 금은보화가 아니라
바르고, 강건한 마음을 만들어 물려주는 것 바로 그것이다.

말, 글

말,
매우 위험한 도구입니다. 일단 잘못을 하면, 피하지 않으려 해도
하다 보면 싸움이 됩니다.

글,
작정하고 쓰지 않는 한 싸움은 되지 않습니다.
다른 이에게 마음을 잘 전하시지 못한다면
글로 전하십시오.

다른 이의 마음을 잘 이해하지 못한다면
글로 받으십시오.

다른 이에게 충고, 조언을 하고 싶다면
더더욱 글로 전하십시오.

다른 이에게 듣고 싶은 말을 먼저 전하십시오.
다른 이의 듣는 마음자리를 생각하며 전하십시오.

글도 시간이 지나고 보면 어리석음이 보일진대
말은 더더욱 조심해서 쓰셔야 합니다.

말, 운명

말은 운명이다.
입에서 나가는 말이 운명을 만든다.
운명을 잘 만들고 싶다면
긍정, 희망, 노력의 말을 해야 한다.

말 2

말은 도구이다.

타인과 더불어 살기 위해 편리한 용도로 쓰이는 것이다.

타인이 내 말에 '무섭고 아팠다'고 한다면, 비록 내 고의가 아니었
다 하더라도, 내 말이 남을 해치는 무기처럼 쓰인 것이다.

나는 도구라고 생각했는데 당신은 내 말을 왜 무기로 생각했느냐
고 따지기에 앞서

자신이 사용한 말의 쓰임새가 어땠는지를 돌아봐야한다.

타인을 다치고, 아프게 하는 모든 것은 죄이다.

배려

배려란
상대를 돕고자 하는 마음이다.
내 마음이 가는 대로 상대를 도와주는 것은 배려가 아니다. 내 욕
심이다.
내가 도와준다고 상대가 당장 변하지 않는다.
이렇게까지 도와줬는데 왜 변하지 않느냐고 화를 내는 것이 어찌
상대방을 향한 배려인가. 그런 행동은 내 욕심에 불과한 것이다.
상대가 마음으로 원하는 것은 무엇인지.
자신이 도와주는 방법에 잘못은 없었는지를 돌아보고
좀 더 나은 지혜를 내는 일에 마음을 쏟는 것이
진정한 배려이며, 현명한 사람의 마음쓰기다.

말 3

하기 싫으면 핑계가 생각나고,
하고 싶으면 방법이 생각난다.
자신의 어투에 핑계, 방법의 말 중
어느 말을 더하는가를 돌아보아야한다.
핑계의 생각이 올라온 것을 말로 뱉고 나면
방법의 생각이 올라오기 어렵다.
핑계가 먼저 자리를 잡으면
자신이 스스로 생각해낸 방법에도 믿음이 가지 않는다.
마음먹기나 생각은 자유로이 할 수 있으나
말은 함부로 하면 안 된다.
마음과 생각이 말로 인해 굳어지기 때문이다.

기억

자신의 기억을 전부 다 믿어서는 안 된다.

기억이란 각자의 이해능력에 따라 천차만별이기 때문이다.

같은 사물, 상황을 보고도 사람마다 기억이 다 다르다.

이해능력에 차이가 있기 때문이다.

이해능력이 부족한 사람은 오해의 기억을 남긴다.

자기중심적인 일인칭 해석법은 오해를 부르기 쉽다.

이해, 독해 능력을 키우는 방법은

이인칭, 삼인칭 해석법으로 사정을 이해하고, 기억하는 것이다.

일을 객관적으로 살펴야만 오류와 오해의 해석법을 줄일 수 있다.

상황을 해석하고 기억할 때는 내 입장만을 내세우지 말고, 상대의

말과 감정을 반드시 헤아려야 한다.

역지사지易地思之가 이해능력을 키워준다.

바른 해석법에 따른 기억은 지혜를 알려주지만

그른 해석법은 나쁜 기억을 남겨 자신을 두고두고 괴롭히게 된다.

대화법

대화를 잘 하려면 규칙을 정하고, 이를 지켜야한다.

첫째, 욕설이나 폭력은 절대로 쓰면 안 된다. 욕설과 폭력은 대화법에서 가장 큰 반칙행위이다.

욕설만이 아니다. '너랑 말하다 보면 답답해, 짜증, 화가 나'라는 단어를 쓰는 것도 대화를 하지 않겠다는 표현이며, 규칙을 어기는 행위이다.

싸움도 대화의 일종이기는 하지만 서로에게 상처를 남기는 대화법은 이롭지 못한 것이다. 상대가 들었을 때 감정이 자극되는 단어나 표현은 아예 쓰지를 말아야한다.

대화의 목적이 상대를 기분 나쁘게 만들려는 것은 아니지 않는가.

둘째, 나의 생각만을 상대에게 주입시키는 것도 대화가 아니다.

상대 말에 무조건 반대 의견을 말하는 것도 반칙이다.

나와 상대의 생각을 조율하는 것이 대화이다.

상대를 이해시킬 방법을 생각하고, 연구하는 것,

이것이 대화를 잘하기 위해 갖추어야 할 기본자세이다.

'나만 맞고, 남은 틀리다'라는 생각을 버리고

'나와 남은 다르다'라고 생각해야한다.

다르니까 맞추려 노력하는 것이고, 맞추려 노력하는 구체적인 행동이 바로 '대화'인 것이다.

서로의 생각과 의견을 조율하는 것만이 진정한 대화이다.

말 4

'말'은 공짜가 아니다. 말도 금전을 사용하듯 해야 한다.
관리, 계획 없이 함부로 말을 써대면
나중에 꼭 필요할 때 내 말에 힘, 무게, 값어치가 실리지 않는다.
말로 빚을 지기도, 갚기도 한다.
빚을 지는 말이란
남을 마음 아프고, 화나게 하는 말이다.
'말의 가난뱅이'가 되고 싶지 않으면
말 관리를 잘하며, 남을 아프게 하는 말을 하지 말아야한다.
남에 마음을 치유해주는 말, 지혜를 주는 말,
예의와 도리를 지키는 말이다.

고집 센 사람이 귀가 얇다

고집 센 사람이 귀가 얇다.

왜 그럴까.

전혀 다를 것 같은 성격이 한 성격 안에 얽혀있기 때문이다.

상대가 자기 말에 부정적 응대를 하면 고집을 부리고

긍정적 응대를 많이 해주면 바로 마음을 연다. 마음이 풀리니 귀
가 얇아져 사기를 잘 당한다.

고집이 세도 안 되고, 귀가 얇아도 안 된다.

고집이 세다는 것은 상대를 설득하거나 차근차근 설명해주기가
싫다는 뜻이다.

귀가 얇다는 것은 자기기분을 알아줘야만 말을 한다는 소리다.

고집 세고, 귀 얇은 성격을 고치려면

상대를 설득하고, 설명하려는 표현력을 키우고,

상대 말을 잘 알아들으려는 이해력을 키워야한다.

이것이 올바른 소통법이다.

올바른 소통을 해야 이 성격을 고칠 수 있다.

열두 가지 성격, 마음

사람들에게는 누구에게나 열두 가지 성격과 마음이 있다.

어떤 사람의 성격 가운데 장점 하나만을 보고 그것이 그 사람 성격의 전부라 생각하고

'좋다, 너무 좋은 사람이다'라고 단언하면 안 된다.

어떤 사람의 단점 한 가지를 보고

'나쁘다, 아주 나쁜 사람이다'라고 단언해도 안 된다.

그 사람의 열두 가지 성격을 다 찬찬히 살펴보았는데, 전체를 보아 장점이 단점보다 많으면 좋은 사람인 것이다.

당사자도 자기에게 열두 가지 성격이 있는지, 열두 가지 마음이 있는지 모르는데

옆에서 보는 사람은 더 모를 수밖에 없다.

과오를 범하지 않기 위해

많은 시간을 들여 그 사람과 희로애락의 시간을 같이 겪어보아야 한다. 사람을 판단하는 일은 그 이후에 해야 한다.

상대의 성격, 마음이 어떤지를 알고 싶다면 그 사람에게 내가 알고 싶은 것이 무엇인지를 물어봐야한다.

내 마음이 어떤지를 알리고 싶다면 상대방에게 말을 해야 한다.

과오란, 상대방의 마음이 어떤지 내 마음이 어떤지를 묻지도 알리지도 않고, 모든 것을 혼자서 판단하고 혼자서 결론을 내리는 데서 나온다.

말… 개떡, 찰떡

말.

개떡, 찰떡.

다른 사람들이 자기 말을 잘 알아듣지 못한다며 화를 잘 내는 사람이 있다.

상대가 못 알아듣는 것이 아니다.

자기가 남들에게 잘 알아듣지 못하게 설명을 한 것이다.

상대를 얕보고, 업신여기며 말하는 사람이 화를 잘 낸다.

만일 자기보다 윗자리 사람이 못 알아듣겠다며

무슨 말이냐고 다시 물어봐도 화를 낼까.

아니다. 그때는 친절하게, 또박또박, 윗사람이 알아들을 때까지

몇 번이고 다시 설명할 것이다.

'개떡같이 말하더라도 찰떡같이 알아들어라'는 속담이 있는데

왜 남에게 개떡을 주면서 상대방이 그 개떡을 찰떡이라 생각하라

하는가.

자신이 남을 업신여기니 그런 말이 나오는 것이다.

남에게 찰떡같이 설명해줘야 남들이 찰떡같이 알아듣는 것이다.

자기가 개떡같이 말했으니 남들이 자기 말을 못 알아듣는 것이다.

오만하고, 거만하며, 다른 사람들을 우습게 여기는 사람들이

남들과 대화할 때 화를 잘 낸다.

사람들에게 화낼 일이 아니고

설명을 잘못하는 자기를 나무라며 설득력을 기르는 방법을 연구하고 공부해야한다.

마음

몸 건강을 위해 우리들은 운동을 하고, 음식을 조절하며 몸을 관리한다.

마음 건강을 위해서도 애를 써야한다. 생각, 감정 그리고 성격을 조절하며 마음을 관리해야한다.

마음의 병에 걸리고서 세상과 사람들을 탓하는 것은

마치 자기가 음식을 함부로 먹어 병에 걸리고서는 세상 음식 탓을 하는 것과 같다.

자신의 몸, 마음 관리는 세상 사람들이 해주는 것이 아니라

자신이 해야 한다.

자신만이 할 수 있다.

4장

갈등, 고난, 경험

업장

업장業障. 전생의 죄다.

전생에 폭력과, 살육의 죄를 지었다면
금생에 그런 폭력이란 환경에 노출도 잘 되며
폭력의 흡수도 남보다 잘 된다.

곧, 기회인 것이다. 전생의 죄를 씻을 수 있는 기회를 주는 것이다.

그런데 그 기회에 다시 죄를 짓기 쉬워지는 것 또한 죄를 지은
경험이 있기에 참을성이 남보다 부족하다.

우리에게 주어지는 고난, 시련, 이것은 죄를 씻는 기회가 온 것이다.
고난이 싫다 하고, 피하며, 겸손하게 받아들이지 못하면
다음 생에 다시 받는다. 시간이란 이자가 덤으로 붙어 따라온다
하였다.

내생에는 더 무겁고, 긴 시간의 고난을 만나게 된다.

경험

책과 학문은 마음의 양식이라 하지요.
경험은 마음의 반찬이 아닐까요.

고난, 역경, 시련은
마음과 몸에 도움이 되는 좋은 반찬이라 생각합니다.

생지옥

누군가와 오해, 화를 풀지 않는 것은
내 마음에 쇠창살을 박아 나를 생지옥, 감옥에 가두는 것이다.

나를 살리기 위해서라도 오해와 화를 풀어야한다.
오해를 푸는 것은 말, 변명이 아니다. 먼저 사죄를 해야 한다.

사실이 아니라 오해에서 비롯된 것이라 해도, 나로 인해 생긴 상
대의 상처 난 마음에 사죄를 하며
용서를 구해야한다.

상대가 진정된 후 설명을 해야 한다. 변명을 하면 안 된다.
마음을 담아 설명과 사죄를 같이 해야 한다.

그렇게 하면 상대도 오해를 풀고, 전후사정이 이해가 되면 나에게
미안하다는 말을 건 낼 것이다.

이런 과정을 거쳐야 나도 감옥에서 해방이 되며 상대도 구해주게
되는 것이다.

말, 매우 중요하지만 때로는 무섭고 위험한 무기로도 변한다.

신중하게 써야한다.

분명한 흔적이 남는 글도 지나고 보면 허망한데
연기처럼 날아가는 말은 더하다.
남에게 내 말이 연기로 날리느냐, 마음에 담기느냐는 내가 하기
나름이다.

내 마음의 생지옥, 감옥은 누가 만들어 나를 가두는 것이 아니라
내가 만들고 내가 나를 가두는 것이다.

죄

알고 저지르는 죄와 모르고 저지르는 죄 중
모르고 저지르는 죄가 더 크고 무거운 죄다.
모르고 행하기에 죄가 더 진화를 하며 악독해진다.
남에게 화를 내는 것은 죄이다.
남이 나와 같지 않다 하여 화를 내는 것은 죄이다.
남이 나를 따르지 않는다 하여 화를 내는 것은 죄이다.
남에게 낸 화가 어디에서 나오는가.
내 마음에서 올라와 내 마음을 아프게 하는 것이다.
스스로에게도 상처를 주는 것 또한 죄이다.
남에게 화를 내는 것, 스스로에게 화를 내는 것 모두 죄이다.
우리들 모두
죄를 저지르고 살지 말아야한다.

천직, 운

재능에 비해 빛을 보지 못하는 분들이 있다.
그런 분들을 돌아보면
언행이 바르지 못하며, 노력을 게을리 하고 계시는 것이 보인다.
바른 언행, 노력만 하면
세상에 널려있는 운을 얼마든지 잡을 수 있는데
바르지 못한 언행과, 게으름이 그 운을 보지 못하게 만든다.
설사 행운이 깃들어도 이를 지키지 못하고, 곧 놓쳐 버리게 된다.
행운과 운명은 각자가 타고 태어난 틀 안에서 얼마든지 좋게 바꾸고 만들어 가질 수 있는 것이다.
신들은 사람에게 고난만을 주기 위해 태어나게 해주시는 것이 아니라 믿자.
스스로가 운을 만들어 가지라고 태어나게 해준 것이라고 생각하자.
위기를 기회로 맞이하는 분들의 마음가짐을 배워야한다.
기회를 위기로만 생각하는 분들에게 부탁드리고 싶다.

아픔

이가 하나도 없어 잇몸으로 사는 사람들과
태어날 때부터 이와 잇몸이 없이 살아가는 사람들 입장에서는
충치가 있어 이가 아픈 사람들조차 부러움의 대상이다.
그런데도 사람들은 스스로가 이를 관리하지 못하여 충치가 생긴
것을
튼튼한 이를 주지 못했다 하며 부모 탓을 하고 단 음식을 팔았다
며 세상 탓을 한다.
모든 사람들은
자기의 아픔이 가장 커 보인다.
그러나
세상에는 나보다 더 아프고, 더 고통스러운 삶을 살아가는 사람들
도 존재한다.
내가 제일 힘들다고 말하거나 생각하는 일은
어리광이며, 징징거림이다.
스스로의 삶을 스스로 관리하지 못하여
생긴 아픔이며, 고통이다.
다음 생에
이와 잇몸 없이 태어나 봐야
정신을 차릴 것인가.

운명, 숙명, 자동차

비유를 하자면

자동차 차종과 같이 바뀔 수 없는 것을 숙명이라 하며

그 자동차를 운전해 나가는 것을 운명이라고 할 수 있다.

아무리 차종이 좋아도 차를 운전하지 않고 그대로 세워두면 그것은 자동차가 아니라 쇠, 고철 일뿐이다.

내비게이션은 생각, 말과 같다.

내비게이션을 시기적절하게 업그레이드시켜야

바른 정보를 취득해 목표지점까지 안전하고, 정확하며, 빠르게 도착할 수 있다.

사람도 마찬가지다. 죽을 때까지 시기적절하게 지식, 정보, 상식, 예의, 도리 등

모든 배움을 익히고 업그레이드 해놓아야 목표지점에 도달하기 쉬워지는 것이다.

내비게이션을 업그레이드시키지 않듯 배움을 익혀 놓지 못하면

도로와 지형이 바뀌기 전의 옛날 지도와 정보만을 가지고 목표지점을 찾아가듯 인생의 길을 뱅뱅 돌며, 우왕좌왕하게 되는 것이다.

내비게이션 안내방송은 우리가 쓰는 말과 같다.

바르고 강건하며 긍정하는 말들을 자꾸 입 밖으로 말해야만

인생의 길도 그 쪽으로 인도된다.

짜증, 화, 무기력한 표현이나 힘들다 같은 말을 하게 되면 인생의

내비게이션은 우리를 그런 길로 안내할 터이다.

자동차 차종이 마음에 들지 않는다 하여
차종에 맞지 않게 무리한 튜닝을 하면
멋이 문제가 아니라 도리어 안전과 운행에 지장을 주는 경우가 생
긴다.
사람도 마찬가지다. 지나친 외모 가꾸기, 남들에게 보이는 모습에
만 투자를 하면
운명의 운전에 도움이 되지 않는다.
태어나서 죽을 때까지
생각, 마음, 말을 바르게 배워 업그레이드시키며
운명을 운전해 나가야한다.
차량이나 사람이나 정기 검진을 하고 건강을 체크해야한다.
겉과 속을 살피고, 몸과 마음을 돌아봐야한다.

운전이 미숙하면 운전 연습을 충분히 하고 도로에 나가야
자신도, 타인도 다치지 않게 된다.
운명이나 삶에 미숙한 사람은 자신을 가르치고 업그레이드시켜야
한다.
배우지 않은 사람은 자기 자신 뿐 아니라 타인의 마음에도 상처를
줄 수 있기 때문이다. 도로 위에만 무법자가 있는 것이 아니다.
내 인생과 타인의 인생을 망치는 '삶의 무법자'가 되지 말아야한다.
자동차를 운전하듯 운명도 그렇게 운전해 나가는 것이다.

고난, 역경

환생을 통하여 우리의 영혼이 진화한다.
영혼의 진화를 이루기 위해서는 반드시 고난과 역경이 필요하다.
고난과 역경을 이겨내기 위하여
인간은 생각과 마음과 몸을 쓰며 지혜를 만들어 낸다.
고난과 역경을 이겨내며 몸과 마음의 힘을 키우게 된다.
고난과 역경이 없는 삶은 영혼을 진화 시킬 수 없다.

지혜

세상은, 지식이 아닌 지혜로 살아가야한다.

지혜는 지식이 많다고 저절로 생기는 것이 아니다.

경험을 통해서만 지혜를 얻는다.

하지만, '경험'의 다른 이름은 '실패'다.

경험의 많은 부분이 사실은 실패라는 뜻이다.

실패가 두려워 경험을 하지 않는다면

올바르며, 강한 지혜를 절대로 얻을 수 없다.

올바른 지식과 많은 경험을 통하여 지혜를 얻는다면

삶이 절대로 막막하고 답답한 쪽으로 풀리지 않는다.

지금 내 삶이 답답하다면

지식, 경험을 올바르며 충분히 갖추었는지를 스스로 먼저 돌아보

아야한다.

성찰만이 승화를 이뤄준다

갈등, 고난, 역경, 위기는 어떤 경우든 나를 찾아온다. 산간오지에 혼자 살고 있어도 나를 찾아온다.

위기라고 머리로만 생각하고 거기로부터 빠져나올 행동방법을 연구하지 않으면 역경을 절대 극복할 수 없다.

뒤집어 생각하면, 갈등, 고난, 역경, 위기는

자기를 돌아보고, 반성하기에 적합한 성찰의 기회이다.

인간은, 성찰을 통해서만 앞으로 나아가는 정신적 승화를 이뤄낼 수 있다.

위기를 그 자체를 그대로 받아들이거나 회피해서는 안 된다.

위기는, 성찰과 승화로 가는 자기발전의 엄청난 기회인 것이다.

공부를 못해 시험 점수를 낮게 받았다. 절대로 위기가 아니다.

앞으로는 시험을 망치지 않기 위해

자기의 습관을 반성하고, 계획을 점검하고 다시 잡으라고 하늘이 주신 기회이다.

다음 번에도 결과가 달라지지 않는다면, 그것은 반성을 제대로 하지 않았기 때문이다.

제대로 반성하고 습관을 고치지 않으면, 위기를 극복할만한 '의지'는 어떤 경우든 나오지 않는다.

마음이 아프고 몸도 좋지 않다. 절대로 위기가 아니다.

앞으로는 마음과 몸의 관리를 잘하자는 계획을 잡을 수 있는 기회이다.

그동안 마음과 몸 관리를 제대로 하지 못한 반성을 먼저 하면, 자연스레 상황을 개선하려는 의지가 생긴다.

금전이 궁핍하고, 어렵다. 절대로 위기가 아니다.

충동적으로 관리하던 돈을 계획적으로 잘 관리하는 방법을 배울 기회인 것이다.

자기반성,

진정한 반성만이 내 몸과 마음이 다시 아프지 않을 지혜를 가져다 주는 것이다.

마음속에 지혜로운 방법이 떠오르지 않는다 면처음으로 돌아가 '반성'부터 다시 해야 한다.

지혜로운 생각이 마음을 가득 채울 때까지 반성에 반성을 거듭해 야한다.

변명과 핑계는 절대로 하지 마라.

변명과 핑계는 지혜가 올라오는데 방해가 되며, 타인이 주는 지혜 도 들리지 않게 한다.

진정한 반성을 하면 지혜는 반드시 따라 나온다.

실수, 실패

실수, 실패를 점점 줄여 나가며 사는 것이 인생이다.

그렇다고 실수, 실패를 하지 않겠다며 아무 일도 하지 않는 것은 정도가 아니다.

그것은, 삶 자체를 살고 있지 않는 것이다.

같은 실수와 실패를 늘 반복하고 사는 것도 정도가 아니다.

그것은, 삶 자체를 엉망으로 살고 있는 것이다.

삶을 살고 있지 않는 사람은 정신의 나이가 자라지 않는 사람이고 삶을 엉망으로 사는 사람은 정신의 나이가 퇴행하고 있는 사람이다.

5장

예의와 도리

충고

충고하려는 자리와 듣는 자리를 생각해 본다.

하려는 자리는
진정한 충고란 듣는 사람의 아픈 마음을 헤아리며
가르치려는 마음이 아닌 도와주려는 마음으로 다가가야 한다고
본다.
그런 마음이 아니라면 도리어 내 충고가 남에게는 비수가 될 수
있다.

듣는 자리는
'나는 나를 잘 모른다. 타인이 나를 더 정확하게 볼 수 있기도 하
다'는 마음을 품고
누가 내게 욕을 했다면 화를 내기에 앞서 욕 들을 일을 한 나를 반
성해야한다.

욕도 충고로 받아들여야한다.
내게 충고를 하려는 상대에게 반론을 대기보다 고맙다고 말을
하는 것이 더 큰마음이 아닐까 싶다.

바름

바름과 그름을 구별하라

바름이란 예의다.
예의가 없는 것은 다 그름이다.
나만이 혼자 바르다는 것은 오만이며, 고집이며, 편견이다.
타인이 인정해 주는 바름이 바름인 것이다.
나와 남을 해하지도, 아프게도 하지 않는 것이 바름이다.
바름을 먼저 세워야 자신의 그름이 보인다.

아픔

윤회輪廻 이야기를 해보자.

지금의 아픔.
전생에 내가 남에게 가했던 아픔을 그대로 받고 있는 것이다.
더도, 덜도 아닌 꼭 남들에게 가했던 만큼만 아픈 것이다.

전생을 보면 금생이 보이고, 금생을 보면 전생이 보인다.
지금 내가 힘들고, 어렵게 산다면
전생에 내가 그만큼 남들에게 고통을 주었던 당사자인 것이다.
남 탓, 조상 탓이 아닌, 전생의 내 탓인 것이다.

부모 복이 없다면
전생에 부모를 갖다 버린 죄가 있을 것이다.
금전 복이 없다면
전생에 남에게 돈을 빌리고 안 갚은 죄, 빼앗은 죄가 있을 것이다.
결혼을 못 하고, 배우자와 갈등이 있다면
전생에 남의 가정을 파탄 나게 한 죄, 이성을 아프게 한 죄가 있을
것이다.

그런 죄가 있는데

어찌 부모 복을 바랄 것이며, 돈이 굴러들어 오기를 바랄 것이며
이성운을 바랄 것이며, 무탈하게 행복하기만 바랄 것인가.

그 모든 것의 원수가 우리가 태어나기만을 기다려
복수를 하러 오는데
원귀는 환생을 포기하면서 원수를 갚으려한다.
원귀에 휘말리지 않으려면 어찌해야하는가.

부모 복이 없다면 부모에게 더 효도해야한다.
금전 복이 없다면 더 근면, 성실해야 하며 기부를 해야 한다.
이성 복이 없다면 내가 더 사랑을 베풀며, 예의를 갖추어야한다.

원귀는 노력과 예의를 무서워한다.
원귀를 감복시켜 스스로 떠나게 해야 한다.

우리는 다음 생에도 태어난다.
전생의 결과물이 금생이라 했다. 어디까지가 전생의 결과물인가.
고난까지가 결과물이다.
그 고난에서 무너지면 다음 생도 같은 결과물을 받는다.

물러나며, 겸손해야한다. 예의를 지키며, 해결해야한다.
고난을 이겨내야 다음 생에는 다른 결과물을 받게 된다.
전생, 금생, 내생 모두 같은 결과물을 만드는 것은 어리석은 짓이다.

예절

'안녕하세요'는 인사일 뿐이다.

'감사합니다, 죄송합니다'를 다 표현해야 온전한 예절인 것이다.

남을 두고 '예절이 있다, 없다'를 논하지 말라.
스스로 예절이 없는 자가 남의 예절을 논하는 것이다.

남을 지적하기 전에, 스스로를 먼저 돌아봐야한다.
내가 예절을 지키면 남도 내게 예절을 지킨다.

거울

우리는 남에 결점을 보며 험담할 때 그것이 내 모습이란 걸 모른다.

내 안에 그런 모습이 있기에 남의 결점이 내게 더 잘 보이는 것이다.

남에게 예의 없는 사람이라며 광분하는 자,
자신은 진정 예의가 있는 사람인가.
남의 뒷말을 많이 하는 자,
자기의 허물을 남에게 들키지 않으려고 남에 허물을 더 크게 말하
는 것은 아닌가.

누군가를 험담하고 끌어내려야 스스로가 높아진다고 생각하는 어
리석은 마음.
마음의 거울로 남을 볼 것이 아니라 나를 스스로를 보아야한다.

조언

누군가 내게 조언을 한다는 것은 그 사람이 먼저 경험을 해 보았기에, 해결방법을 알기에 해주는 것이다.

조언을 듣는 자,
방법을 모르기에, 막연하기에, 헤매기에 묻는 것이 아닌가.

누군가가 마음을 열어 조언을 주었건만
듣는 사람이 못하겠다, 생각해 보겠다며 뒤로 물러난다면
조언을 하는 사람의 마음에 의문이 생긴다.
'무엇 하러 묻는가'

조언이 절실하다면 지금 내 상황, 방법은 이러하다 솔직히 말하고
일러주는 조언 가운데 이해되지 않는 부분을 몇 번이고 되물어가며
자신만의 지혜로운 해결책을 찾으려 노력해야 하지 않나 싶다.

마음의 위안만을 받으러 조언을 듣는 것이 아닐 것이다.
실천에 옮겨야 조언이 내 것이 되는 것이다.

못하겠다, 생각해 보겠다며 뒤로 물러나는 것이 아니라
해보겠다, 방법을 알려달라를 묻는 것이 지혜로운 자세일 것이다.

사회생활

직장, 학교, 교우, 가정 등 모든 생활에서
어찌하여 상대의 의중,
'나에게 잘 해 줄까, 도움이 될까, 이익이 될까, 해가 될까'만을 생
각하십니까.
그들에게 나는 어떻게 잘 해줘야 하는지, 어떤 도움을 주어야 하
는지 등도 생각해야 하는 것이 아닙니까.

직장동료, 상사가 본인을 어찌 미워하고 있는지를 스스로에게 묻
지 마십시오.
그들에게 예쁨 받을 행동이 무엇일지를 물어보십시오.

직장을 위한 노력은 게을리 하면서
직장에서 언제 월급 인상, 승진이 되는지 만을 묻지 마십시오.
어찌하면 직장에 도움이 되는 사원이 될 수 있을지를 물어보십시오.

아내, 남편, 아이의 흉을 보고 본인의 마음이 맞장구쳐주기를 바
라지 마십시오.
아내, 남편, 아이가 본인에게 무엇을 바라며, 어떤 마음자리로 다
가와 주기를 바라는지를 물어보십시오.
배우자가 바람피우는지 묻지 마십시오.

어찌하면 가정이 화목 해지는지 방법을 물어보십시오.

이 세상 모든 사람이, 모든 것이 다 본인에게 맞춰주기를 바라지
마십시오.
본인이 맞춰 나갈 방법을 묻고, 찾으십시오.

당신의 아이가 학교에 가서
선생님이 혼내면 어쩌지, 친구가 놀아주지 않으면 어쩌지,
성적이 나오지 않으면 어쩌지, 고민하면 무어라 답하시겠습니까.

아가, 네가 하기에 따라 선생님도, 친구도 너를 예뻐하며,
성적도 잘 나올 거라며 일깨워 주시지 않으십니까.

본인 스스로도 일깨워 주십시오.
노력에 따라 돌아오는 것이니
받기보다 주기를, 걱정보다 노력을 먼저 하자고
일깨워주십시오.

상처

마음의 상처로 인해 행복한 삶을 놓치는 사람이 있다.
과거의 아픔이 마음의 상처로 남아 치유되지 못하면
앞으로 나아갈 때 그 마음의 상처가 무거운 족쇄로 작용할 수도
있다.
제일 크고 아픈 마음의 상처는 가족에게서 받는다.
안 볼 수도, 내칠 수도 없는 가족
그 가시덤불 안에서 자라며 성격이 가시처럼 만들어져
다른 이를 대할 때 가시 돋게 대하는지, 그 가시가 얼마나 남을 찌
르고 아프게 하는지, 그것이 그릇된 언행인지를 모른다.
그 가시는 타인만이 아니라 본인 스스로를 찌르기도 한다. 그것을
본인만 모른다.
스스로가 입 밖으로 내어놓는 말이
가시 돋친 말인지 아닌지를 스스로는 모른다.
타인이 내 말 가운데 가시가 돋쳐있다고 생각하면, 즉시 고쳐야한
다.

그래야 같이 살 수 있는 것이다.
가시덤불에 홀로 갇혀 아파하며 지내기 싫다면 고쳐야한다.
스스로만 상처받았고, 불행하다 호소하기 이전에
나부터 누군가에게 상처를 주고 있지 않는지를 돌아보아야한다.

무식

무식은 죄이다.
지식의 부족함이 무식이 아니라
인간의 도리, 예의를 모르는 것이 무식한 것이다.
무식한 자,
스스로에게도 도리, 예의를 다 하지 못한다.
삶을 행복으로 이끄는 지혜가 부족하여 불행하다 말한다.
무식은 면죄부가 될 수 없다.

죄

죄.

헌법이나 형법에 나와 있는 기준이 전부가 아니다.

헌법과 형법은 나라마다, 시대마다 다르다.

죄의 기준은

인간의 도리와 예의에서 벗어나는 것이다.

이 기준에서 어긋나는 것은 모두 다 죄이다.

존경

권력, 재력, 업적이 많은 사람을 존경하는 것이 아니라
창피함이 무엇인지 아는 사람을 존경하자.
누군가 창피한 일을 한 것을 보고
그 사람을 손가락질하며 욕하는 것이 '창피함을 아는 것'이 아니다.
그 창피한 일을 하지 못하도록 자기를 가르칠 줄 아는 사람,
이런 사람이 참 창피함을 아는 사람이다.
자기 자신을 사람들에게 창피하게 보이지 않도록 관리하며
스스로에게 창피한 시간, 삶을 만들어 주지 않는 사람,
이런 사람이 인생을 제대로 살아나가는 사람이다.
창피함을 아는 사람을 존경하고, 배우며
남에게 존경받기 위함이 아닌
내가 나 자신을 존경하고, 존경받을 수 있도록 노력해야한다.

예의, 도리

남들이 예의, 도리 없는 행동을 했기에
그들을 질타하고, 책망하며, 욕하는 자신의 행동은 정당하다고 말
씀하시는 분들이 있다.
질타하고, 책망하며, 욕하는 행동 자체도 예의, 도리가 없는 것이
다.
'나는 그러지 말자'는 마음을 내고 이를 실천하는 것이 참 예절이다.
질타하고, 책망하며, 욕하는 사람에게 무언가를 배우고자 하는 사
람은 없다.
질타와 욕을 통해 상대가 무엇을 잘못했는지를 알리면, 자신의 잘
못을 뉘우치고 '일깨워줘서 감사하다'고 할 사람은 아무도 없다.
예의, 도리 없는 행동을 한 사람이 스스로 뉘우칠 수 있도록
상대방을 이해시키고, 이해시키며 기다리고, 기다려주며 다시 이
해시키는 것이 내 예의와 도리를 다하는 길이다.
스스로 뉘우치고, 깨우치지 않으면 사람은 누구라도 절대로 바로
잡히지 않는다.
잘못한 사람들보다 더 넓은 마음자리를 갖는 것,
이것이 참 예절이다. 참 도리이다.

무례

상대의 무례함에 자신도 무례하게 응대하고
자기행동의 당위성만을 주장하고 '나는 정당하다'라고 말하는 것은
억지와 떼쓰기에 불과한, 그저 무례한 행동일 뿐이다.
무례함에 대처하는 최고의 응대 법은, 지혜롭게 이치를 설명하는
예의, 예의뿐이다.

완전한 천재

남들보다 뛰어난 재주, 재능을 가진 사람을 천재라 한다.
완전한 천재란
남들 앞에서 자신의 재주, 재능을 뽐내고, 자기의 이익만 취하는
것이 아닌
재주, 재능을 남들에게 알려 그것으로 무지한 사람들을 지혜롭게
만들어주는 사람이다.
그런 사람이 완전한 천재라고 하셨다.
천재는 별종이 아니다.
누구라도 완전한 천재가 될 수 있다.
남들과 다른 재주, 아무리 작고 작은 재주라도, 갈고, 닦고, 익혀
하나라도 누군가에게 그 배움을 나눠주면 완전한 천재가 되는 것
이다.
모든 사람은 완전한 천재가 될 수 있는데
사람들은 그저 저 멀리 있는 천재만을 부러워하며, 그들의 말과
행동을 따라 하려고만 한다.
배우자, 익히자, 지혜로워지자.
자기 자신을 천재로 만드는 지름길이다.
그리고 반드시 나눠주자.
나눠줌으로 인해 우리는 완전한 천재가 될 수 있다.

타인의 성격 고쳐주고 싶을 때

타인의 잘못된 행동을 지적해주고, 고쳐주고 싶을 때가 있다.

그럴 때는 반드시 자신부터 그 행동을 여러 방법으로 고쳐본 연후에 남들에게 지적을 해야 한다.

어떤 잘못된 행동을 스스로 고쳐보지 못한 사람은, 그 행동을 고치려는 사람의 어려움을 모른다.

잘못을 바로잡고 다른 사람을 도와줄 구체적인 방법을 모르는 것이다. 그렇기에, 이런 사람의 조언과 지적은 남들에게 잔소리로 들린다. 잔소리는 헛말이다.

자신의 행동을 고치고, 바로잡고 교정해본 사람만이

타인의 잘못을 고쳐줄 지혜와 힘이 있는 사람이다.

타인의 잘못된 성격을 고쳐주고 싶다면, 먼저 자신의 잘못된 성격부터 고쳐야한다.

눈치, 염치, 파렴치

눈치가 없으면 염치가 없어지고,
염치가 없어지면 파렴치해진다.

사전 뜻

눈치   1. 남의 마음을 그때그때 상황으로 미루어 알아내는 것.

        2. 속으로 생각하는 바가 겉으로 드러나는 어떤 태도

염치   체면을 차릴 줄 알며 부끄러움을 아는 마음.

파렴치   염치를 모르고 뻔뻔스러움.

눈치

눈치란 다른 사람들의 마음을 살피는 것에 그치는 것만이 아니라
상대가 원하는 것을 해결해 주는 것이다. 그런 일을 하는 사람이
눈치가 있는 사람이다.
눈치 있는 사람이 되고 싶으면
혼자 추측하지 말고
상대가 원하는 것이 무엇인지
싫어하는 것이 무엇인지 물어서 반드시 확인해야한다.
물어서 확인했으면 행동으로 실천해줘야 한다.
알고도 해결해주지 않아 눈치 없는 사람이 되지 말자.

6장

선악… 행복과 불행… 가족

인덕

인덕은 받는 것이 아니라 베푸는 것이다.

나는 인덕도 없고, 배신만 당한다.
이 말은 내가 남에게 믿음의 마음을 주지 못한
제 얼굴에 침 뱉는 창피한 말이다.

부모덕, 형제덕, 지인덕, 조상덕이 없다고 한탄만 하는 분들
자신은 그들에게 어떤 덕을 베풀었던가.
무언가를 바라고 덕을 베풀지는 않았나.

덕이란 무엇인가를 남으로부터 얻고자 바라고 베푸는 것이 아니라
진정 그들을 돕고자 하는 마음으로 행해야한다 했다.

배신을 당했다면 그들이 내게 마음을 온전히 터놓지 못하게 한
내 언행을 뒤돌아보아야한다.
자선냄비에 성금을 하면, 버스에서 자리를 양보하면,
길 위의 유리조각을 치우면
가슴 밑에서 따스하게 올라오는 뿌듯함을 느낄 것이다.

이것이 덕을 행하고 난 뒤 우리가 얻는 기쁨,

이 대가가 진정한 대가인 것이다.

남에게 받는 것이 아닌, 나 스스로에게 대가를 받아야한다.

가화만사성

가화만사성家和萬事成

이것이 모든 것의 시작이다.

가화만사성에서 가장 중요한 것이 있다.

어머니의 자리다.

한 가정의 어머니가 바르고, 강건치 못하다면

그 자식은 바르게 자랄 수 없기 때문이다.

어미가 입으로는 바름을 훈육하며 행동으로는 그름을 행한다면

그 자식 또한 말과 행동이 다른 사람으로 자라게 된다.

아이들은 어미의 말버릇도 따라 하지만

몸 버릇도 따라서 배운다.

바름과 그름

선. 악.

바름과 그름을 머리로 잣대질하지 말라하셨다.
머리로 하게 되면 내 이익과 손해의 계산법으로
잘못된 바름과 그름이 나온다하신다.

마음으로 잣대질하라하신다.
마음이 행하는 대로 하라는 말이 아니다.
마음에 기쁨, 행복, 평안이 올라오는 것이 바름이라고 하신다.
나 혼자만이 아닌 남도 같이 느껴져야 선이며, 바름이라하신다.

마음에 화, 뒤끝, 찜찜함을 남기는 것은 악이며, 그름이다.
남에게 그런 마음이 들게 하는 것도 악이며, 그름이다.
남에게 통쾌하게 욕하는 것은 내게는 기쁨이겠지만 남에겐 그렇
지 않다.
그런 것이 그름이다.

내가 좀 어렵더라도 남에게 기쁨을 주어 그것을 보며 기뻐하는 것,
이런 것이 바름이다.

돌아보십시오

세상사는 게 어렵고, 힘들다는 분들.
세상 탓, 남 탓 할 일이 아닙니다. 스스로의 탓입니다.

금전이 여유롭지 못하다면 생활을 뒤돌아보십시오.
게으름 피워 출근시간에 택시 타고 다니고
음식하기 귀찮다하여 시켜 먹고, 외식하고
몸을 움직이고, 음식 조절하며 살 빼는 게 귀찮고, 어렵다하며
돈 들여 헬스장 다니고, 돈 들여 다이어트하고
작은 금액이라도 저축치 않고 돈이 남아야 저축한다 하고
우울하고, 화난다 하여 계획에도 없는 물건 사고
그러시며 검소하다 자신 있게 말하실 수 있습니까.
금전은 계획적으로 만들고, 써야하는 것입니다.

남을 폄하하고, 험담하며 남에게 존중받기를 원하지 마십시오.
남이 내 마음을 알아줘 나를 어여삐 여겨주기를 바라지 마십시오.
본인이 먼저 하십시오. 그러면 남도 달라집니다.
왜 세상과 섞이지 못하는 본인을 생각지 않고 세상을 탓하십니까.

대다수의 사람들의 생각이 일치하는 바가 바로 상식입니다.
본인만의 생각은 상식이 아닙니다. 고집입니다.

본인의 생각을 바꾸십시오.

계획적이고, 성실하고, 긍정적인 사람은 남 탓을 하지 않습니다.
행복과 천당으로 가는 길은 내 마음에서부터 시작하는 것입니다.

마음을 모으면

사회나 나라에 불평, 불만을 말하며 시간을 버리기보다
그 작은 힘들을 모으고, 나누다보면
불평, 불만의 세상이 변하지 않을까 합니다.
혼자서는 나라도, 사회도 바꿀 수 없습니다.
우리, 모두가 힘과 마음을 모으면 변하고 바뀝니다.

콩쥐팥쥐

우리네에게는 '콩쥐, 팥쥐' 마음이 있다.

팥쥐,
콩쥐처럼 살고 싶어 하지만
마음 씀씀이를 콩쥐처럼 바꾸지 않는 한
절대 콩쥐처럼 살 수 없을 터이다.

콩쥐처럼
밭매기하고, 빨래하고, 물 긷고, 청소하고 남에게 착한 마음을 써야
콩쥐처럼 귀인과 행운이 찾아오는 것이다.

콩쥐인 척 아무리 굴어도 움직이고, 노력하지 않으면
귀인도 행운도 그 어느 것도 오지 않는다.
생각만으로, 척하며 사는 것은 그 어느 것도 불러오지 못한다.

콩쥐에게 왔던 것처럼
귀인, 좋은 운이 오지 않는 것은
욕심의 마음으로 콩쥐인 척 살기 때문이다.
팥쥐는 귀인도, 좋은 운도 구하는 방법을 모르고, 마음도 지옥을
살았다.

불행, 행복

불행
피하고, 외면하지 마십시오.
불행해봐야 합니다.
그래야 행복이 왔을 때 소중함을 압니다.
행복을 놓치지 않고, 행복한 마음을 가꿀 수 있게 됩니다.

괴로움
싫다하지 마십시오.
기쁨, 즐거움을 알려줍니다.
좋은 것만 찾는 사람은 나쁜 것이 오면 이겨내기보다 힘들어합니다.

나쁜 것을 경험해봐야 좋은 것이 왔을 때 지켜낼 수 있습니다.
나쁜 것을 외면하는 사람은 나쁜 것만 옆에 옵니다.
나쁜 것은 외면해야 할 것이 아니라 이겨내야 하는 것입니다.

이겨낸 사람에게만 행복이 옵니다.

선과 악

선과 악
악이 곧, 선이며
선이 곧, 악이다.
어려웠다.

누가, 어떤 자리에서 보느냐에 따라서 같은 일이 선이 되고 악도
된다.
정기적으로 부자에게서 돈을 훔쳐 가난한 자들에게 나누어 주는
의적이 있다고 하자.
부자에게 의적은 악이다.
가난한 자들에게 의적은 선이다.
하지만 신들은 다른 계산을 하실 지도 모른다.
의적이 두려워 탐욕을 줄인 부자에게
의적은 선이 되는 것일 수도 있다.
의적에 의지해 가난함을 이기지 못하는 자들에게
의적은 악이 되는 것일 수도 있다.
선과 악이 중요한 것이 아니고
무엇을 어떻게 보고, 느끼며
이롭고, 의롭게 행동하는 것이 중요한 것이다.
선과 악을 고민하고

선만을 따르려 헛힘을 쓰던 내가 어리석었다.
자식들의 탐욕을 줄이고, 자립할 수 있게 이끄는 것이
그 무엇보다 중요한 일인 것이다.
하나의 생각에 그치지 않고 많은 수를 생각해 내야한다.

무관심

어느 누구도 조언, 충고를 해주지 않는다는 것은
매우 불행한 일이다.
애증이나, 애정 그나마 마음이 가기에 가능한 것이다.
마음에서 어렵게 우러나온 조언, 충고를 해줬는데
이를 하찮게 여기며, 무시하는 사람에게는
주변사람들이 서서히 마음의 문을 닫게 된다.
종당에는 어느 누구도 조언, 충고를 해주지 않게 된다.
가장 무서운 마음은
무관심이다.

불화

불화는 어리석음 때문에 생긴다.
가족, 타인과 불화가 많다면 스스로 어리석다는 소리이다.
상대를 품을 마음도 넓지 않고
남을 설득시킬 지혜도 부족하다는 소리이기 때문이다.

가족

가족은 동업자이다.

사회생활의 첫 번째 동지인 것이다.

부모 자리라 하여 권위적으로,

자식 자리라 하여 당연하게

모든 것을 바라기만 하고,

서로를 비난만 한다면

화목한 가정생활을 이룰 수 없다.

가족 모두는 서로서로를 존중하며 도와야한다.

삶

삶은 책임이다.

책임을 회피한다는 것은 삶을 포기한다는 일이다.

이것은 죄 중에서도 가장 큰 죄인 '삶의 직무유기'다.

자신의 삶에 주어진 책임을 충실히 이행하지 못한 자가 타인의 삶

을 논하는 법이다.

스스로의 삶은 스스로가 책임져야한다.

부적

행운의 마스코트나 액운을 떨쳐버린다는 부적을 지니고 다니는
사람들이 있다.
마스코트나 부적을 집에 두거나 몸에 지니고 다니며
안일하게 산다면, 그것이 오히려 더 위험한 일이다.
마스코트나 부적을 스스로 만드는 방법이 있다.
가족들에게 자신에게 고쳐야 할 점, 성격을 적어 달라 하고
그 종이를 지니고 다니며 매일 읽고, 다짐하며, 고친다면
강력한 마스코트나 부적보다 더 큰 효과를 볼 수 있을 것이다.
탁기를 무조건 막는 것이 능사가 아니라
스스로 탁기를 만들지 않는 것이 정답이라는 뜻이다.
탁기는 탁기가 있는 사람에게 몰려온다.

자식

부모에게 가장 무서운 존재는 자식이다.

자식은 부모의 말버릇, 몸 버릇을 보고 배운다.

더 무서운 일은, 자식들이 부모의 마음자리도 보고 배우며 자란다는 것이다.

자식에게 금은보화를 물려주려고 애쓰기보다

부모가 바른 말, 바른 행동을 하고 슬기롭고 지혜로운 마음을 지니면

자식은 이를 보고 배우며, 따라 하게 되어

대대손손 가장 좋은 유산으로 물려질 것이다.

믿음, 의지

자신 이외의 누군가를 전적으로 믿고 의지하는 일은 온당한 마음
자리가 아니다.

스스로만을 믿고, 의지하는 것이 바른 자세다.

'타인을 믿고 의지한다'는 마음은 다른 각도에서 보자면 '책임 전
가'다.

남에게 자신의 행복을 만들어 달라고 하는 것이다.

누군가를 믿고 의지했는데 배신을 당했다 함은

스스로 노력하지 않고 행복해지기를 바라는 거만함이며 게으른
욕심일 뿐이다.

자신의 삶에 스스로 책임을 지며 바르고 강하게 살아가는 사람은

타인으로 인해 슬프거나 아파하지 않는다.

믿고, 의지할 것은

오직 나 자신을 강하고, 바르게 이끄는 내 마음뿐이다.

삶과 행복은 자신이 만드는 것이다.

남이 갖다 주고, 만들어 주는 것은 어떤 경우든 '온전한 내 것'이
될 수 없다.

행복, 불행

행복이란,
자기가 가진 것에 감사하고, 고마워할 줄 아는 것.
이것이 행복이다.

불행이란,
남이 가진 것을 욕심내고, 노력하지 않는 것.
이것이 불행이다.

행복하고 싶다면
나보다 많이 가진 사람이 아닌
나보다 덜 가진 사람에게 내 것을 하나라도 나눠줘 보자.
그러면 내가 얼마나 많은 것을 갖고 있는지를 알게 되며
나눠줌을 통하여, 노력하려는 마음을 얻게 되어
원하는 것을 이뤄내며
행복을 찾을 수 있다.

바르고, 강하게 살기 위해

남들에게 떳떳하게 말할 수 없는 잘못된 행동을
스스로에게 시키지 말아야한다.
자기가 자기에게 내린 잘못된 명령을 따르고
자책하고, 아파하며, 지옥을 살 사람은 결국 자기 자신이기 때문
이다.

7장

성격 고치기

좋은 운을 불러오는 실천법

싫다, 힘들다

사는 게 싫다, 아내 남편이 싫다, 돈이 없어서 힘들다, 사람들이
싫다 등등.
'싫다 와 힘들다'라는 말은 '내가 노력하지 않았다'라는 애기를 내
입으로 하는 소리라 했다.

상대가 원하는 바를 노력하였는가.
나는 노력했다 하나, 진정 상대가 원하는 노력.
이것이 노력이다.
타인을 바꾸려 헛힘을 쓰지 말고 나를 먼저 바꿔야한다.

마음의 소리

우리는 우리의 마음이 우리에게 하는
소리를 진지하게 들어줘야한다.

내 마음이 내게 하고 싶은 말을
왜 남에게 하여 내 마음을 서운케 할까.
내 마음이 내게 화내는 소리, 걱정하는 소리,
도와주려는 소리, 아껴주려는 소리 등등.

많은 소리를 우리는 무시한다.

그러기에 우리의 마음이 늘 답답하고, 아픈 것이다.

내 마음이 진정으로 내게 해주는 소리를 듣기 위해
쉬운 방법으로 일기쓰기를 권해본다.
마음이 화가 나 화풀이를 하면 다 들어준다. 일기장에 써준다.
그리고 마음을 달래며 하루쯤 지난 후
그 화난 마음에 친구처럼 다가가며 답글을 달아준다.
화난 마음도 달래주며, 현명한 답도 내어주며
그렇게 화난 마음을 알아주며 대화를 해주면
화난 마음이 더 이상 화를 내지 않고

마음의 친구가 되어 나를 도와주고, 지켜주게 된다.

걱정의 마음도, 미움의 마음도, 나약한 마음도 우리에게 할 말이
많은 것이다.
그 마음의 소리를 들어주자. 달래주자. 현명하게 도와주자.
매일 일기로 만나 대화해보자.

행운

안녕하세요.

감사합니다.

죄송합니다.

이 세 가지를 진심을 담아 남 보다 먼저 말하라 하셨다.
이것이 우리에게 행운을 가져다준다.

또한 우리의 마음을 예쁘고, 바르게 만들어준다.

기도

기도.

내 마음에게 바른 말, 긍정의 말.
이것을 가르치는 것이 기도이다.

내 운명 만들기

태어날 때 환경은 천차만별이다.
하지만, 후천적 노력에 따라 삶의 결과가 달라진다.
갖고 태어난 운에 더해 보다 좋은 운을 만들려면
봉사 활동을 열심히 하라.

거창한 봉사 활동이 아닌, 생활주변에서, 근거리에서 작게 나마라도
정기적으로 어려운 사람을 도와야한다.
내 집 앞 청소, 길거리 쓰레기 줍기, 무거운 짐 들고 가는 사람 도
와주기 등등.

행운을 불러오고 싶다면 내 방, 집안을 청소하라.
집안을 정리 정돈해야 마음도 정리 정돈될 수 있다.
묵고 쓰지 않는 물건들을 정리하고 버려야한다.
집안에 쓰레기를 두는 것은 마음에 쓰레기를 두는 것과 같다.

반성을 하고 계획을 잡는 일기를 쓰라.
머릿속에서만 나왔다 사라지는 말풍선이 아닌
글로 직접 쓰며 반성과 다짐의 증거를 남겨 스스로를 미래로 이끌
어야한다.
말을 가려 조심히 행하라.

내가 하는 말이 내 인생을 만들어가며 다음 생의 틀이 된다.
남에게 욕을 듣고 싶지 않을 것이다.
그렇다면, 남에게 절대로 욕을 하지 말라.
내가 남에게 듣고 싶은 말을 해야 남도 내게 그런 말을 해주는 법
이다.
말로 짓는 죄가 죄 가운데 가장 많으며, 가장 오랫동안 나를 따라
다닌다.

내 운도, 운명도, 팔자도 내가 만들어가는 것이다.
내 직업도, 배우자도, 금전도 내가 만드는 것이다.
뿌린 대로 거두는 것이다.
그 어느 절대적인 신이 있다 해도, 내 운명을 만들어서 갖다 주지
않는다.
바르고, 어질게 노력하면 신들은 도와주신다.

실천이 안 되신다는 분들

너무 간단하고 쉬운 방법으로 좋은 운을 만들 수 있는 방법이 있
는데
알면서도 실천이 안 된다는 분들이 너무 많다.

몸 씻고, 방 청소, 정리하고, 계획을 꼼꼼히 세세하게 기록하여 체
크하며 실천해 나가고, 남에게 나쁜 말 하지 않고, 반성하는 일기,
계획 잡는 일기를 쓰면 좋은 운이 생긴다. 너무 간단하기에 이 방
법이 우스워 보이나 보다.

우스워 보일지라도 이것만큼 확실한 방법이 없는데
이런 것조차 실천을 못하시며 운이 없다 하시면
만약 행운을 날라다 주시는 존재들이 계시다면 그 분들도 힘이 빠
질 것이다.

실천 없이 운이 좋아지기만을 바라는 것은, 말하자면 운을 받을
그릇을 깨끗이 치워 놓지 않고 좋은 운을 달라고만 하는 형국과
같다.

게으름은 나라님도 구제를 못한다는 옛말이 있다.
자기의 게으름을 스스로 고치지 않으면 나라님 아니라. 조상도 신

도 도와주지 못한다.

본인 스스로를 본인의 자식이라 생각해 봤으면 좋겠다.

자식이 '못하겠다, 어렵다, 안 된다, 하기 싫다'라는 말만 하면 어떤 마음이 드시겠는지.

행운을 가져다주는 누군가의 마음도 비슷할 것이다.

힘이 빠지며 화를 내고 도와주기를 포기하는 마음이 들지 않겠는가.

스스로의 게으름을 탓하라. 그것을 고쳐야 운이 오는 것이다.

머리로는 이해하지만 막상 실천이 안 된다는 분들은 게으른 분들이다.

스스로의 몸과 머리도 일치시키지 못하면 그 어느 것도 본인 것이 될 수 없다.

행운이 다가와도 알아채지 못하고, 행운을 사용할 줄도 모르게 된다.

깨우침

깨우침이란 멀고, 거창한 것이 아니다.
일상생활에서 실천을 하며
아하! 하고 얻어지는 것이 깨우침이다.

깨우침은 무궁무진한 것이다.
명상을 하고, 서책을 읽고, 좋은 말씀을 듣고 앉아 있는다고 깨우
침이 얻어지진 않는다.

그렇게 얻은 깨우침은 남에게 조언을 줄 때도 한정적일 수밖에
없다.
깨우침이 한계에 부딪힌다는 것은 서책의 깨우침만을 얻었기 때
문이다.
많은 서책, 좋은 말씀의 정보들을 머릿속에 저장해 놓고
반드시 실천으로 옮겨야한다. 경험이 없는 깨우침은 깨우침이 아
니다.

어느 날 문득, 일상에서
바른 정보가 입력된 내 머리에서 참 깨우침의 단어와 문장이 올라
오게 되는 것이다.

서책 공부만 한 요리사는 남을 지도할 때 남의 질문에 충분한 답
을 해줄 수 없다.
직접 요리를 하고, 조리법을 정리해보고, 요리의 순서도 바꿔보며
나만의 노하우, 방법, 요령을 만들어야
남이 물을 때 적절한 답을 수월하게 들려줄 수 있는 것이다.

내 방식만 옳고 남의 방식은 그르다고 하는 것도
뒤집어보면 아직 경험이 부족하다는 뜻이다.

일상에서
소중함, 고마움, 기쁨, 요령을 만나는 것이 깨우침이지
뜬구름을 잡는 것이 깨우침이 아니다.

봉사활동

봉사활동이란
눈에 보이는 물리적인 노력봉사, 작은 마음의 나눔만이 아닙니다.

봉사를 다니면
스스로의 삶을 되돌아 볼 줄 알게 되고
스스로의 삶에 계획을 세우는 법을 자연스레 배우고 깨우치게 됩니다.

나눔보다 얻음이 많은 것입니다.

어려운 분들의 고통, 고난을 보고 '나는 행복하다고 생각하는 건
죄가 아닙니까'고 의문을 품는 분도 있으시겠지요.

맞습니다, 죄입니다.

사지육신 멀쩡한데 생각과 마음이 바르지 못한 것이 죄인 것입니다.
어찌 봉사를 본인의 기준에서만 계산을 하십니까.

어려운 분들보다 나은 삶에 감사하며

더 열심히 살아 그들을 도와야겠다.

금전이 넉넉하지 않더라도, 몸으로라도 봉사를 할 수 있는 것이
행운이고 행복이다는 점을 배워야하는 것입니다.

'죄업을 씻어주십시오, 운을 갖다 주십시오'라며
기도, 백팔 배, 삼천 배를 하는 것보다
길거리 쓰레기 삼천 개를 줍는 것이 운을 불러오는 보다 현실적인
방법입니다.
쓰레기를 줍는 동안 내 마음이 정리정돈이 되며
서서히 생각이 바로 서게 되기 때문입니다.

마음이 정리정돈 되는 것이 업 소멸이며
생각이 정리정돈 되는 것이 좋은 운의 시작입니다.

이 글을 읽는 본인들이 신이라면
기도, 삼천 배하며 좋은 운을 달라는 사람과,
쓰레기 줍고 봉사하는 사람 중
누구에게 손을 내어주시겠습니까.

봉사활동을 하면

봉사활동을 하면 무엇이 달라지고, 변할까 그저 하라고 하니 해보지만
변화하는 것을 느낄 수 없다 하는 분들게 알려드립니다.

자원봉사를 하면 마음, 가치관, 성격이 달라집니다.
조급한 마음이 여유로워집니다.
우리네의 시간 법칙과는 다르게 느리게 사는 분들을 보며
기다리는 법을 배우게 됩니다.
스스로에게 조급함이 아닌 여유를 알려드리게 됩니다.
그들에게 징징거리며, 못하겠다, 힘들다라는 말과는 반대되는 말을 해드려야 하기에
그 분들을 도와드리며 긍정의 힘을 배우게 됩니다.

어려운 분들께 마음을 열고 다가가면, 그 분들의 열리는 마음을 보게 될 겁니다.
마음이 무엇보다 중요함을 배우게 됩니다.

시간의 소중함을 배우게 됩니다.
노동의 감사함을 배우게 됩니다.
부모님께 원망이 아닌 감사의 마음을 지니게 됩니다.

스스로의 삶을 다지고, 다지게 됩니다.

망연히 머릿속으로만 생각하던 습관이 행동으로 옮겨지게 됩니다.

바르고, 강건하며, 유쾌한 대화법을 그들에게 해드려야 하기에

그 대화법을 본인의 것으로 만들게 됩니다.

어리석고, 나태하며, 게으르고, 욕심 많은 마음들을 고칠 수 있습니다.

게으름, 죄

실패는 힘이다.
성공으로 가기 위해 반드시 힘을 키워야한다.
힘을 키워야만 성공했을 때
그 성공을 지킬 수 있다.

게으름은 모든 죄의 씨앗이다.
죄의 열매를 맺지 않으려면
게으름을 마음과 몸에서 빼내 버려야만 한다.

습관

습관은 운명이다.

운명을 밝게 만들고 싶다면 바른 습관을 만드십시오.

첫 번째 말부터 존대어로 바꾸십시오.

타인이 싫다는 말은 당장 멈추십시오.

두 번째 몸을 청결히 하십시오.

몸은 자신을 담는 그릇입니다.

세 번째 방을 정리정돈 하십시오.

정리정돈 되지 않은 방에서 살면, 머지않아 몸과 마음을 더럽게

됩니다.

네 번째 일기를 쓰십시오.

자신의 마음이 보내는 메시지를 듣고 적으십시오.

그것이 자기 자신이 스스로에게 내리는 지혜의 답입니다.

다섯 번째 움직이십시오.

당장 몸을 움직여 모든 계획을 실천으로 바꾸십시오.

실천으로 행하지 않는 계획은 모두 물거품이 됩니다.

위의 습관을 자신의 것으로 강건하게 만들어 놓는다면

인생에 두렵고, 어려울 것은 없습니다.

습관이 모여 성격이 되며 천성으로 유지되는 것입니다.

스스로의 운명은 스스로 만들어야하며

스스로 만들 수 있는 것입니다.

치료, 교정

발음, 피부, 치아, 뼈 등을 고쳐주는 여러 종류의 치료원, 교정원
이 있다.
자신감, 건강, 삶의 질을 높이기 위해 사람들은 자기의 약점을 교
정한다.
하지만 무엇보다
성격을 치료하는 마음교정원이 필요하다.
마음을 치료하고, 생각을 바르게 교정한다면
표면적인 삶의 질만이 아닌
자기 내면의 질, 나아가 운명의 품격도 높일 수 있다고 본다.
미래에는 성격 교정원이 많이 생겨날 터이다.

태어난 이유

우리가 태어난 이유는
전생에 지은 죄를 씻기 위해서이다.
죄를 씻기 위해서는
가지고 태어난 성격을 바르게 바꾸어야만 한다.
성격을 바르게 바꿔야만 죄를 짓지 않게 되며
죄를 짓지 않아야만 전생의 죄가 씻어진다.

성격

자기 성격은 자기가 고치는 것이다.

환경 때문에 안 고쳐진다, 몇 번 해봐도 마음먹은 대로 잘 안 된다.

고치라고 지적해주는 사람의 태도가 기분 나빠 안 고쳐진다.

그것은 핑계일 뿐이다, 그래도 성격을 고치는 편이 좋지 않겠느냐
고 하면

자기는 원래 안 된다, 못한다, 능력이 없다 그러니 고치라는 말조
차 하지 마라고 답한다.

이 모든 것은

다 '하기 싫다'라는 소리일 뿐이다.

이런 식의 반응을 보이는 사람에게는, 도와주려는 사람도 질리게
마련이다.

누군가, 내 성격의 문제점을 지적해주는 사람이 있다는 것만으로
도 '감사한 삶'이다.

모든 사람에게 외면당하는 삶, 이것이 '불행한 삶'이다.

누군가의 충고에 언제나 '하기 싫다'는 답을 하는 것은, 자기 삶뿐
아니라 자기를 도와주려는 사람의 삶도 불행하게 만드는 일이다.

성격을 고쳐야만 운명을 제대로 운전해 나갈 수 있으며

그래야만 행복해질 수 있을 터이다.

마음공부

마음을 훈육하는 단계가 있다.

초기에는 세상 사람들의 말을 무조건 다 믿고 어떤 의심도 하지 않는 연습을 한다.

조금씩 마음을 다치는 과정이다

상처도 생기고, 곪고 덧나기도 하고, 딱지도 생긴다.

훈육 중기에는

세상 사람들의 말을 무조건 다 믿지 않는 연습을 한다. 어떤 의심도 하지 않는 것은 계속한다.

믿지도 말고, 의심하지도 말라. 처음엔 어렵다.

다른 사람의 말을 다 믿으라는 것은 내 마음에 굳은살을 만드는 과정이다.

마음에 굳은살이 생기면, 어떤 상처를 받아도 금방 낫는다. 다치는 일도 줄어든다.

남의 말을 다 믿지도 않고 다 의심하지도 않는 것이 마음훈육의 다음 단계이다.

초연함을 배우는 마무리 과정이다.

초연한 마음은 상처도 받고, 희로애락을 처절하게 경험해본 뒤에야 비로소 생겨나는 마음이다.

믿어라, 다 믿지 말아라, 의심하지 말아라, 다 의심하지는 말아라, 훈육방법이 이랬다저랬다 달라지는 것이 아니다. 마음공부에 단

하나의 방식만 있는 것이 아니다.

배우는 사람의 경험, 나이, 마음상태에 맞도록 단계별로 공부 방
식을 다르게 해야 하는 것이다.

방식은 다르지만 다다라야 할 마음은 하나다.

모든 과정을 거쳐, 초연함을 배우는 것이 마음공부다.

덕온소원 德溫所園

http://blog.naver.com/sw9070

장원재 張源宰

고려대 국문학과 졸업. 런던대 연극학 박사. 前숭실대학교 문
예창작학과 교수, TV조선 '돌아온 저격수다' 진행자, 現 배나
TV 대표.
저서 '논어를 축구로 풀다' '우리는 왜 축구에 열광하는가' '증
언연극사' '오태석 연극-실함과 도전의 40년' 등

자기훈육법
-마음운동

초판 1쇄 인쇄 2015년 10월 30일
초판 1쇄 발행 2015년 11월 5일

저   자 | 덕온소원

펴낸곳 | 북앤피플
대   표 | 김진술
펴낸이 | 맹한승
디자인 | 박원섭

등   록 | 313-2012-117호
주   소 | 서울시 마포구 신촌로 196-1 이화빌딩 502호
전   화 | 02-2277-0220
팩   스 | 02-2277-0280
이메일 | jujucc@naver.com

ⓒ덕온소원, 2015

ISBN 978-89-97871-19-3 03810